T0321420

Primera sangre

Amélie Nothomb

Primera sangre

Traducción de Sergi Pàmies

EDITORIAL ANAGRAMA
BARCELONA

Título de la edición original:
Premier sang
© Éditions Albin Michel
   París, 2021

Ilustración: Photography Agency Iconoclast / foto © Jean-Baptiste
   Mondino

Primera edición: enero 2023

Diseño de la colección: Julio Vivas y Estudio A

© De la traducción, Sergi Pàmies, 2023

© EDITORIAL ANAGRAMA, S. A., 2023
   Pau Claris, 172
   08037 Barcelona

ISBN: 978-84-339-0171-2
Depósito Legal: B. 19943-2022

Printed in Spain

Romanyà Valls, S. A., Sant Joan Baptista, 35
08789 La Torre de Claramunt

Mi padre es un niño grande al que
tuve cuando yo era muy pequeño.

SACHA GUITRY

Me llevan ante el pelotón de fusilamiento. El tiempo se estira, cada segundo dura un siglo más que el anterior. Tengo veintiocho años.

Frente a mí, la muerte tiene el rostro de los doce ejecutantes. La costumbre exige que, de entre todas las armas repartidas, una esté cargada con balas de fogueo. Así cada uno de ellos puede considerarse inocente del asesinato que está a punto de perpetrarse. Dudo que esta tradición se haya respetado hoy. Ninguno de esos hombres parece necesitar una posibilidad de inocencia.

Hace unos veinte minutos, cuando he oído que gritaban mi nombre, enseguida he sabido lo que significaba. Y juro que he suspirado de alivio. Como van a matarme, ya no tendré que hablar más. Llevo cuatro meses negociando nuestra supervivencia, cuatro meses en los que me he entregado a interminables asambleas con el fin de posponer nuestro asesinato. ¿Quién defenderá ahora a los demás rehenes? No lo sé, y eso me angustia, pero una parte de mí se siente reconfortada: por fin voy a poder callarme.

Desde el vehículo que me ha trasladado hasta el monumento, he contemplado el mundo y he empezado a apreciar su belleza. Qué lástima tener que abandonar un lugar tan espléndido. Qué lástima, sobre todo, haber necesitado veintiocho años de existencia para ser así de sensible.

Me han tirado del camión y el contacto con la tierra me ha encantado: este suelo tan acogedor y blando, ¡cómo me gusta! ¡Qué planeta tan agradable! Creo que podría disfrutarlo mucho más. Pero también para eso es demasiado tarde. Por un momento me alegra la idea de que en unos minutos mi cadáver vaya a ser abandonado sin sepultura.

Es mediodía, el sol dibuja una luz intransigente, el aire destila excitantes aromas a vegetación, soy joven y reboso salud, morir es demasiado estúpido, ahora no. Sobre todo no pronunciar palabras históricas, sueño con el silencio. A mis oídos no les gustará el ruido de las detonaciones que me van a masacrar.

¡Y pensar que llegué a envidiarle a Dostoievski la experiencia del pelotón de fusilamiento! Ahora me toca a mí experimentar esta revuelta de mi

10

ser más íntimo. No, rechazo la injusticia de mi muerte, reclamo un instante más, cada momento es tan intenso, nada excepto saborear el transcurso de los segundos me basta para calmar la angustia.

Los doce hombres me apuntan. ¿Veo pasar mi vida ante mí? Lo único que experimento es una revolución extraordinaria: estoy vivo. Cada momento es divisible hasta el infinito, la muerte no podrá alcanzarme, me sumerjo en el núcleo duro del presente.

El presente empezó hace veintiocho años. En los balbuceos de mi consciencia, veo mi insólita alegría de existir.

Insólita por insolente: alrededor de mí reinaba el dolor. Tenía ocho meses cuando mi padre murió en un accidente de desactivación de minas. Lo cual prueba que morir es una tradición familiar.

Mi padre era militar; tenía veinticinco años. Aquel día le tocaba aprender a desminar. El ejercicio fue breve: por error, alguien había colocado una mina de verdad en lugar de una falsa. Murió a principios de 1937.

Dos años antes se había casado con Claude, mi madre. Era el gran amor tal como se vivía en aquella Bélgica de buenas familias que tan singularmente evoca el siglo XIX: con contención y dignidad. Las fotos muestran a una joven pareja cabalgando por el bosque. Mis padres van muy elegantes, son guapos y delgados, se quieren. Parecen personajes de Barbey d'Aurevilly.

Lo que me asombra de esas fotografías es la expresión de felicidad de mi madre. Nunca la vi así. El álbum de su boda acaba con las instantáneas de un funeral. Evidentemente, ella tenía intención de escribir los pies de foto más adelante, cuando tuviera tiempo. Al final, nunca sintió el deseo de hacerlo. Su vida de esposa satisfecha duró dos años.

A los veinticinco encontró su expresión de viuda. Nunca se quitó esa máscara. Incluso su sonrisa se había congelado. La dureza se apoderó de aquel rostro y lo privó de su juventud.

Su familia le dijo:

—Por lo menos te queda el consuelo de tener un bebé.

Ella volvió la cabeza hacia la cuna y vio a una hermosa criatura de expresión feliz. Tanta jovialidad la desanimaba.

Cuando nací, sin embargo, me quería. Su primer hijo era un niño: la felicitaron. Ahora sabía que yo no era su primer hijo sino el único. La indignaba la idea de que tuviera que sustituir el amor hacia su esposo por el amor hacia un hijo. Por supuesto, nadie se lo había planteado en esos términos. Pero fue así como ella lo interpretó.

14

El padre de Claude era general. La muerte de su yerno le pareció muy aceptable. Ni siquiera la comentó. La Gran Muda tenía en él al gran mudo.[1]

La madre de Claude era una mujer tierna y dulce. La suerte de su hija la horrorizaba.

–Confíame tu pena, pobrecita mía.

–Para, mamá. Déjame sufrir.

–Sufre, sufre con ganas. Solo será un tiempo. Luego te volverás a casar.

–¡Cállate! No me volveré a casar jamás, ¿me oyes? André era y es el hombre de mi vida.

–Por supuesto. Ahora tienes a Patrick.

–¡Qué cosas dices!

–Quieres a tu hijo.

–Sí, lo quiero. Pero deseo los brazos de mi marido, su mirada. Deseo su voz, sus palabras.

–¿Quieres volver a vivir en casa?

–No. Quiero quedarme en mi piso de casada.

–¿Me confiarías a Patrick por un tiempo?

Claude se encogió de hombros en señal de asentimiento.

1. «La Gran Muda» es una expresión utilizada en territorios francófonos para designar al ejército, debido a que antiguamente sus miembros no tenían derecho a voto, e incluso hoy día tienen teóricamente prohibido expresar sus opiniones sobre temas sociales y políticos delicados. *(N. del T.)*

Mi abuelita, la mar de contenta, me llevó consigo. Aquella mujer, que tenía una hija y dos hijos adultos, no desaprovechó la ocasión: volvía a tener un muñequito.

—¡Ay, mi Patrick pequeñín, qué bonito eres, qué amorcito!

Me dejó el pelo largo y me vistió con prendas de terciopelo negro o azul, con cuellos de encaje de Brujas. Llevaba medias de seda y botines abotonados. Me tomaba en brazos y me mostraba mi reflejo en el espejo:

—¿A que nunca habías visto a un niño tan guapo?

Me miraba con tanto éxtasis que me creía hermoso.

—¿Has visto tus largas pestañas de actriz, tus ojos azules, tu piel blanca, tu boca exquisita, tu pelo negro? Estás para que te pinten.

Esa idea no la abandonó. Invitó a su hija a una sesión de posado conmigo, ante un conocido pintor de Bruselas. Claude se negó. Su madre supo que a fuerza de insistir acabaría convenciéndola.

Mi madre intensificó su vida social. Las recepciones no le gustaban demasiado, pero tampoco creía que tuviera que encantarle lo que hacía. Aquella joven llevaba su duelo con llamativa elegancia ante espectadores capaces de entenderlo y devolverle la imagen deseada. Eso saciaba sus aspiraciones.

Por la mañana se levantaba pensando: «¿Qué me pongo esta noche?» La pregunta llenaba su vida. Pasaba las tardes con los mejores modistos, entusiasmados con poder vestir tan noble desesperación. En aquel cuerpo alto y esbelto, los vestidos y los trajes tenían una caída perfecta.

A partir de 1937, la sonrisa congelada de Claude apareció en casi todas las fotografías de las veladas de la élite belga. Todo el mundo la invitaba, convencidos de que su presencia garantizaba la distinción y el buen gusto de la fiesta.

Los hombres sabían que cortejarla no representaba ningún peligro: ella no cedería. Por eso le hacían la corte. Era un pasatiempo agradable.

Yo quería a mi madre con un amor desesperado. La veía poco. Todos los domingos al mediodía venía a almorzar a casa de sus padres. Yo alzaba la vista hacia aquella mujer magnífica y salía corriendo a su encuentro, con los brazos abiertos. Ella tenía un modo especial de evitar mi abrazo: me tendía las manos para no tener que levantarme. ¿Era por miedo a que echara a perder su hermoso atuendo? Con una sonrisa crispada, decía:

–Hola, Paddy.

Por aquel entonces estaban de moda los anglicismos.

Me miraba de arriba abajo con una amable decepción que yo no conseguía analizar. ¿Cómo habría podido comprender que siempre esperaba reencontrarse con su esposo?

En la mesa, mi madre comía muy poco y muy deprisa. Había que despachar el deber de llevarse el alimento a la boca. A continuación, sacaba de su bolso de mano una magnífica pitillera y fumaba. Su padre la fulminaba con la mirada: se suponía que las mujeres no debían fumar. Con un gesto de desprecio que creía discreto, ella apartaba los ojos. Si hubiera podido hablar, habría dicho: «Soy una mujer infeliz. ¡Que por lo menos eso me dé derecho a fumar!»

–Bueno, Claude, qué te cuentas? –preguntaba la abuelita.

Mamá comentaba el cóctel en casa de fulano, la conversación tan interesante que había tenido con Mary, el probable divorcio de Teddy y Anny, el vestido algo ridículo de Katherine –pronunciaba todos los nombres a la inglesa y llamaba a sus padres «*mommy*» y «*daddy*»–. Su decepción era que no existiera un «encantador diminutivo anglosajonizante» para su propio nombre.

Hablaba deprisa, articulando apenas y marcando las tes, convencida de que los ingleses las pronunciaban así:

—Voy a tomar el té a casa de Tatiana. Ya ves, no está tan deprimida como dice.

—¿Y si te llevaras a Patrick?

—Ni se te ocurra, *mommy,* se moriría de aburrimiento.

—No, mamá, me encantaría acompañarte.

—No insistas, querido, no habrá más niños.

—Estoy acostumbrado a que no haya más niños.

Ella suspiraba levantando un poco la barbilla. Esa expresión me mataba: comprendía que a ojos de aquella mujer inaccesible y sublime acababa de cometer una falta.

La abuelita se daba cuenta de que yo sufría.

—Id a pasear juntos al parque, al pequeño le conviene tomar el aire.

—¡El aire, el aire, el dichoso aire!

¿Cuántas veces oí decir eso a mi madre? Las consideraciones higienistas sobre la necesidad de airearse le parecían absurdas. En su opinión, respirar estaba sobrevalorado.

Cuando se marchaba, me sentía tan triste como aliviado. Lo que más lamentaba era saber que ella compartía mi doble sentimiento. Claude me besaba, me dedicaba una mirada agotada y desaparecía con pasos rápidos. Al alejarse, el taconeo de sus zapatos hacía un ruido soberbio que me ponía enfermo de amor.

Cumplí cuatro años. Había una guerra. Sabía que era grave

–¿Qué quieres por tu cumpleaños? –preguntó la abuelita.

No tenía ni idea de lo que quería.

–Como no lo sabes, te propongo que poses en brazos de tu madre para el mejor retratista de Bruselas. Os pintará a los dos; tendrás que portarte bien, porque llevará tiempo.

De aquel enunciado, lo único que escuché fue «en brazos de tu madre». Acepté con entusiasmo.

Claude no se mostró tan emocionada cuando su madre la invitó a posar. Sin embargo, esta vez no se escabulló, porque el pintor en cuestión era muy popular en los círculos selectos.

El día señalado mamá se presentó enfundada en un vestido suntuoso, con un escote de encaje falsamente modesto. El pintor, el señor Verstraeten, la miró con una admiración que me llenó de orgullo. La abuelita me había vestido con un traje de terciopelo negro con un gran cuello de encaje blanco.

El señor Verstraeten pidió a Claude que se sentase en una butaca y quedó subyugado por la elegancia espontánea de su postura. Él sabía que tenía que incluirme en el retrato y parecía lamentarse por ello.

—Podríamos sentar a la señorita en su regazo, recostada en el brazo de la butaca —propuso.

—Es un chico —aclaró mamá.

Al pintor ese detalle no le interesó demasiado, así que me colocó como un accesorio sobre mi madre, feliz de que no ocupara mucho espacio.

—Señora, ¿podría poner las manos alrededor del niño, por favor? Son tan hermosas.

El roce de las manos de mamá me producía un placer confuso. El posado duró siglos y se reprodujo varias tardes. Sentir cada vez debajo de mí el anguloso cuerpo de mi madre me electrizaba.

—¡Qué bien se porta su hijo! —dijo el pintor para halagar a Claude.

Ella se guardó mucho de responder que no tenía nada que ver con eso. Por primera vez, fui

22

motivo de orgullo: me sentí más feliz que una perdiz.

Solo se nos permitió ver el cuadro una vez terminado. Descubrimos un esplendor que no tenía demasiado que ver con nosotros. Incluso antes de mirarlo, escruté el rostro de mi madre para saber si me estaba permitido que me gustara. Mamá parecía deslumbrada: el pintor la había representado en un estado de espera amorosa, borrando toda la dureza de su rostro para sustituirla por una atenta dulzura. En majestad, la mujer del cuadro era la duquesa de Guermantes en su juventud, dando la bienvenida a un huésped distinguido y manteniendo en su regazo, como un galgo de pura raza, a un angelito de sexo indeterminado, grácil y soñador.

El señor Verstraeten pidió el veredicto a mi madre, y ella enseguida adoptó una gesto de desaprobación.

—Nadie diría que somos nosotros.

—He pintado lo que he visto, señora.

—¿Y dónde ha visto que mi hijo tenga siete u ocho años?

En efecto, en la tela yo parecía mayor. El artista se puso grandilocuente:

—Quería que el retrato fuera intemporal.

Había mil argumentos lógicos para replicar. Mi madre se limitó a concluir:

–En fin, es muy chic. Se lo agradecemos, señor.

El pintor se dio por despedido y se marchó, no sin antes haber cobrado una fortuna.

Al llegar, la abuelita exclamó:

–¡Nunca había visto un retrato tan hermoso!

–Vamos, *mommy,* no exageres.

–¿Y tú qué opinas, Patrick?

Reuní todo mi coraje para atreverme a contradecir a mi madre:

–Me encanta, es muy bonito.

–Evidentemente –dijo Claude–, es muy infantil, con esos colores *peach and cream.*[1]

Yo no entendía el idioma en el que hablaba, pero no me retracté.

–Es tu regalo de cumpleaños, querido –se regocijó la abuelita–. Lo pondremos en tu cuarto.

–¡Un Verstraeten junto a la cama de un niño de cuatro años! –se ofendió Claude.

–¿Lo quieres en tu casa? –preguntó mi abuela.

Se produjo un momento de ambigüedad que quizá fui el único en percibir: ¿se estaban refiriendo al cuadro o a mí? La respuesta fue todavía más amarga:

–¡Pero si te estoy diciendo que no me gusta!

1. En inglés en el original. *(N. del T.)*

La abuelita nunca supo el bien que me hizo al añadir aquel comentario que rompió la ambigüedad.

—Querida, te recuerdo que estamos hablando del mejor retratista de Bruselas.

—Si fuera un Greuze, tendría derecho a que no me gustara. Vamos, son las seis de la tarde y me están esperando.

Nos dio un beso a toda prisa y se marchó. La abuelita y yo nos quedamos admirando la obra de arte durante mucho rato, en un arrebato de complicidad que surgió del fondo de nuestro corazón. Desde entonces, nunca ningún cuadro me ha inspirado tanta alegría. La mujer representada era mi madre tal como yo la soñaba: feliz, despierta, de una belleza superior, radiante y, sobre todo, sosteniéndome con ternura en su regazo.

La abuelita encargó un marco dorado y pomposo que llevó mi alegría al límite, y colgaron el inmenso retrato en mi habitación, frente a la cama. Así, por la noche, me dormía contemplando un icono materno cada vez más ficticio.

Más adelante, a menudo me he preguntado por qué mi madre afirmaba que aquel cuadro no le gustaba si yo la había visto adorarlo desde el primer momento. Por supuesto, esta actitud podía interpretarse de un modo banal: Claude no se había arriesgado a apreciar una obra que no había sido avalada por un experto; en circunstancias como esas, uno pasa menos por simplón cuando algo no le gusta que cuando le gusta. Pero sospecho que el motivo era más profundo: lo que había visto en el retrato era una mujer disponible. Y, en efecto, mientras duró el posado se produjo un hechizo entre ella y el pintor. Si, por así decirlo, se hubiera sorprendido a sí misma en flagrante delito de seducción de un hombre que no era su difunto marido, se habría sentido avergonzada. Detestar el Verstraeten equivalía a negar ese extravío que consideraba indigno con respecto a su esposo.

Nunca me convertí en alguien cuyo gusto artístico tuviera valor. Resulta que ese cuadro me encanta y siempre lo he llevado conmigo dondequiera que he vivido. La gente ve en él un retrato del siglo XIX, y lo entiendo. Cuando revelo la identidad de esa madre y ese niño, los espectadores no dan crédito. No es fácil reconocerme en ese pequeño paje. La conclusión suele ser: «¡Qué guapa era tu madre!» Y confieso que esta apreciación me satisface, igual que la imagen de esa felicidad que solo existió durante el tiempo que duró el posado.

Poco a poco me fui dando cuenta de que la representación de Claude funcionaba mejor que ella. El pintor no solo la había embellecido, sino que sobre todo la había vuelto más presente: con su manera de mirarla había logrado situar su alma allí donde residía su cuerpo, y esa conjunción tan extraordinaria confirió a mi madre una fuerza fuera de lo común.

Mamá ya no era aquella mujer, era el cuadro.

Con su singular perspicacia, el abuelito se dio cuenta de que algo andaba mal.

—Este niño solo se relaciona con viejos. Que lo lleven al parvulario.

Había uno en la esquina de la plaza de Jamblinne de Meux. La abuelita me tomó de la mano y me acompañó hasta allí hablándome con dulzura, como si quisiera adormecer mi desconfianza, lo cual la multiplicó por diez.

Oh, estupor, descubrí que existían otros niños. El azar quiso que fuera a aterrizar en una clase de niñas. Eso me reconfortó: mi unicidad quedó restablecida.

A las niñas les gusté. Decían que, a diferencia de la mayoría de los chicos, yo era amable y agradable. Eso me satisfizo. Con ellas aprendí a jugar con muñecas y a saltar a la comba.

El abuelito necesitó por lo menos dos años

para darse cuenta de que la escuela no me hacía más aguerrido. Se dirigió a su hija en los siguientes términos:

—Tu hijo tiene seis años, va a empezar la escuela primaria. No está preparado.

—¿Por qué dices eso, *daddy?* Ya se sabe el abecedario.

—No te engañes, está demasiado verde. Querida mía, solo queda una solución: hay que enviarlo a pasar el verano con los Nothomb.

Mamá palideció.

—¡Pobrecito!

—Te recuerdo que te casaste con uno de ellos.

—Me casé con el único que no era un bárbaro.

—Te casaste con el militar de la familia, tenía mucho porte. Pero ya ves que Patrick necesita un poco de esa mano dura que tu madre es incapaz de inculcarle. Este niño se está ablandando, ha llegado la hora de recuperar el control.

—¡De ahí a confiárselo a los Nothomb!

El abuelito no era un hombre que renunciara a sus proyectos. Comunicó a los Nothomb mi inminente llegada.

Estaba muy emocionado: por fin iba a saber cómo era la tribu tribu cuyo apellido llevaba.

—Mamá, ¿me acompañas?

–Ya no puedo ir a Pont d'Oye, algunos recuer-
dos se han vuelto crueles.

La abuelita lloró:

–Pobrecito, temo por ti.

¿Adónde me enviaban?

Con el corazón roto, la abuelita me cortó los
largos rizos.

–Ahora pareces un chico –dijo con alegría
forzada.

Metió en mi maleta, además de ropa, paquetes de galletas, sobrecitos de cacao para mezclar
con la leche, golosinas diversas y variadas.

–Te acompañaré en tren hasta Pont d'Oye
–dijo ella.

–Ni hablar –intervino el abuelito–. Yo lo acompañaré.

–¿Qué es Pont d'Oye? –pregunté.

–Es el castillo de las Ardenas donde viven los
Nothomb.

Un castillo: mi impaciencia se multiplicó.
Imaginé fosos y puentes levadizos.

El 1 de julio, en la estación del barrio de Léopold, el abuelito y yo tomamos el tren. Se tardaba cuatro horas en ir de Bruselas a Arlon. El anciano se había puesto su uniforme de general, y yo mi traje de marinerito. Sentado junto a la ventana, veía desfilar un paisaje cada vez más salvaje. A partir de Jemelle, empezaba el gran bosque de las Ardenas, cuyo esplendor me impresionó.

El abuelito lucía una expresión sombría. Yo no sabía que él estaba cumpliendo con su deber y que yo me disponía a vivir una experiencia iniciática.

En la microscópica estación de Habay-la-Neuve nos esperaba un carro tirado por dos caballos; lo conducía el hombre para todo de los Nothomb, Ursmar. Me regocijaba recorrer con semejante cuadrilla los seis kilómetros que nos separaban de Pont d'Oye. A partir de entonces, el abuelito mostró una expresión terrible.

A lo lejos, divisé una torre que emergía del bosque. Pont d'Oye me sorprendió más de lo que me decepcionó. Desde allí, se veía encajonado: a medida que uno se acercaba, lo descubría erigido sobre un promontorio. Lo menos que puede decirse es que no se parecía en nada a una fortaleza: se podría haber creado para él el apelativo de *debileza*. Aquella elegante edificación del siglo XVII había conocido días mejores. Su belleza, basada sobre todo en su emplazamiento, en lo alto del bosque y con vistas al lago, olía a decrepitud. Lo que la salvaba era el color, una aguada anaranjada que, a la luz del sol, se desvanecía en tonos ocre rosado y melocotón de viña.

El porche, enorme, imponía. Sentí su hechizo en cuanto lo cruzamos: Pont d'Oye se convirtió entonces en una invitación al placer, una fachada rica en ventanas, un frondoso jardín de rosales silvestres, un camino de grava al final del cual se erguía un caballero de aspecto señorial.

El abuelito murmuró:

–Y ahí está el barón.

Su tono chirriaba de ironía. El barón caminó a nuestro encuentro prodigando palabras exquisitas:

–¡Mi querido general, menuda sorpresa! Si lo hubiera sabido, habría enviado mi coche para recogerlo en Bruselas.

—Buenos días, Pierre. ¿Desde cuándo tiene usted coche?

—Ya ni me acuerdo, amigo mío —dijo ese hombre notable, plantándose ante mí como si acabara de darse cuenta de mi existencia.

—Niño hermoso como una estrella, tú eres Patrick, mi primer nieto, hijo de mi primogénito, prematuramente segado por la muerte.

Clavó su augusta mirada en la mía.

—Debes saber, mi Patrick, que tú, en calidad de primogénito de mi primogénito, estás llamado a ser el cabeza de familia. Un día reinarás sobre este castillo.

Lo que dijo resultó tan asombroso como su manera de hablar. Me sentía tan aterrorizado como seducido.

Saltaba a la vista que el abuelito no compartía mi entusiasmo:

—Pierre, ahora que que las presentaciones ya están hechas, me marcho. Ursmar me llevará a la estación.

—¡Mi general, ni se le ocurra!

—El tren no me va a esperar. Adiós, Patrick, vendré a recogerte el 31 de agosto. ¡Buenas vacaciones!

Mientras el militar se alejaba, Pierre Nothomb me preguntó cómo solía llamarle.

—Abuelito —respondí.

–Perfecto. Así pues, a mí me llamarás abuelo.

–El abuelito ha dicho que es usted barón.

–Tiene razón. Cuando muera, tú también lo serás.

–¿Y eso qué significa?

–¿Cómo te lo explico? Un barón es alguien como yo.

Asentí con la cabeza en señal de comprensión.

–¿Y mi abuela dónde está?

–Esa venerable dama falleció hace mucho tiempo. Unos quince años atrás volví a casarme con otra encantadora mujer a la que tú llamarás abuela. Precisamente ahí viene.

Apareció una mujer mucho más joven que su marido. La abuela tenía unos cuarenta años, el pelo rubio y una sonrisa llena de bondad. Me besó amablemente y luego se marchó a ocuparse de sus quehaceres, que imaginé numerosos. Me llevó tiempo darme cuenta de la extenuación que escondía su gracia.

El abuelo, en cambio, estaba en plena forma. Me llevó a pasear por lo que él denominaba los senderos del parque, es decir, por el jardín.

–¿Te gusta la poesía, Patrick?

–Es lo que se recita, ¿verdad?

–Si quieres. Nada importa más que la poesía. Ya ves, yo soy poeta.

–¿Usted es quien inventa los recitados?

–Se podría decir que sí.

¿Por qué la abuelita se había apiadado de mi suerte? ¿Qué había de malo en que me enviaran a ese lugar magnífico, cerca de ese hombre soberbio que se dirigía a mí con tanta consideración?

–Patrick, me gustaría que leyeras mis poemas y me confiaras tu opinión.

–Sé leer, así que de acuerdo.

–¿Sabes leer? ¿Qué edad tienes?

–Seis años.

–Mis hijo menor tiene tu edad. Y dudo que sepa leer.

–Abuelo, ¿tiene usted un hijo de mi edad?

–Sí. Hace falta tiempo, ya ves, para tener trece hijos. Tú eres el hijo de mi difunto primogénito, y Charles es el benjamín. ¿Cuándo es tu cumpleaños?

–El 24 de mayo.

–Charles es del 3 de mayo. Habéis nacido el mismo mes del mismo año.

–¿Y sus hijos dónde están?

–Los de mi primer matrimonio son mayores o están muertos. Perdí a tres de ellos: a tu padre y a las pequeñas Louise y Marsaibelle, que murieron de niñas. Los de mi segundo matrimonio deben de estar retozando por el bosque. Pronto los conocerás. ¿Te enseño el lugar?

Con gran ceremonia, el abuelo me llevó al

interior del castillo y me mostró los salones con la misma pompa que si fuera Versalles. Nunca había visto un sitio tan enorme. Me resultaba imposible apreciar la realidad más bien miserable de aquel lugar, dado que el discurso que lo acompañaba sonaba como fastuosas trompetas.

Pierre Nothomb había bautizado hasta el más mínimo rincón de Pont d'Oye. Incluso los lavabos —los únicos de aquella inmensa casa— tenían su propio nombre: el Trianón. La visita me fascinó: iba a pasar dos meses en aquel augusto edificio, ¡menudo honor!

La abuela se unió a nosotros y anunció a su esposo la llegada de la marquesa de No-sé-qué. El abuelo se excusó:

—La marquesa me está esperando.

Por la ventana, lo vi trotar hasta una dama endomingada, ante la cual ejecutó unos pavoneos que recordaban los hinchamientos del buche y las reverencias de un palomo intentando seducir a una paloma.

—¿Dónde está tu equipaje, querido? —preguntó la abuela.

—Lo habré dejado en el porche.

—Vamos a buscarlo.

Llevó la maleta hasta el tercer piso, que era una especie de desván largo y deteriorado convertido en dormitorio.

–Te alojarás aquí.

Encontró una cama manifiestamente desocupada y dejó la maleta encima. La estancia presentaba un desorden indescriptible. Entre la ropa sucia y las almohadas desperdigadas, uno no sabía dónde pisar.

Estuve a punto de preguntar en qué armario podía guardar mis cosas cuando me di cuenta de que no había ni un estante.

Fue entonces cuando me llegó un clamor que tardaré en olvidar.

–Los niños ya están aquí –anunció la abuela.

¿Fue por perfidia por lo que me abandonó? Desapareció, dejándome solo para que pudiera conocer a los que legalmente eran mis tíos y tías, que resultaron ser una horda de hunos.

Un tornado de niños mayores invadió el dormitorio. Hacían tanto ruido, y estaban tan agitados y dispuestos a llevarse por delante a sus visitantes, que me parecieron espantosamente numerosos. Espigados, vestidos con harapos, los niños Nothomb me vieron y se abalanzaron sobre mí como una manada de perros sobre su presa.

Unos salvajes que yo era incapaz de identificar como chicos o chicas me agarraron mientras gritaban:

—¡Lleva un traje de marinerito y parece bien alimentado!

¿Acaso iban a comerme? Tuve un reflejo de supervivencia.

—Llevo provisiones en mi maleta —declaré.

La tribu me soltó sobre el suelo y se abalanzó sobre la maleta, que fue despedazada en menos de lo que se tarda en decirlo.

41

El que parecía estar al mando, un individuo de unos diez años, reunió el botín:

—Unas cuantas galletas, cacao, barras de chocolate, ¿te dedicas al contrabando o qué?

—¡Reparte, Simon, que tenemos hambre! —gritó una voz de chica.

Se produjo una escena cruel, en la que Simon fue lanzando los paquetes en función de sus preferencias fraternales, dejando suspirar de sufrimiento a los que había decidido perjudicar. Se guardó para sí mismo los mejores dulces y entonces dio permiso para que empezaran a devorar.

Fue una auténtica rapiña. Los niños que no habían recibido nada se acercaron a mendigar a los más favorecidos, que no se mostraron mucho más generosos que Simon.

Cuando ya no quedó nada comestible, el jefe se dirigió a mí:

—Tú eres Patrick, mi sobrino. Me debes respeto.

—¿Puedo tutearle?

—Si sigues haciendo preguntas tan ridículas, te voy a dar.

No me metí en más líos.

Poco a poco, me fui dando cuenta de que la horda, que tan numerosa me había parecido al principio, solo estaba compuesta por cinco miembros. ¿Por qué me dio la impresión de que se multiplicaban hasta ese punto? ¿Acaso se debía a su modo de no estarse quietos, o al talento que aquella banda tenía para causar daño?

Sobre todo, ¿cómo era posible que aquellos cinco matones hubieran sido engendrados por la dulce mujer y el agradable hombre que me habían recibido?

Como seguían teniendo hambre, registraron la ropa de mi maleta con la esperanza de que escondiera algunas cosas ricas. Cada prenda era exhibida y comentada:

—¡Una camisa de seda blanca con cuello de encaje! Ni siquiera yo, que soy una chica, tengo una.

—Te la regalo.

—Muy listo, tengo trece años. ¿Cómo quieres que me quepa?

Trece años: aquello me resultó casi increíble. En mi opinión, una persona de esa edad debería haber sido prácticamente adulta, mientras que aquella chica enclenque parecía condenada a ser una niña.

Simon tomó la palabra:

—Primero había pensado en destrozar tus pingos. Pero no, eso sería hacerte un favor. La auténtica maldad es dejar que los lleves tal cual.

Se oyó sonar una campana.

—¡A comer! —gritó la manada soltándome y precipitándose hacia la escalera.

Necesité sangre fría para unirme a la tribu en el comedor. Lo menos que puede decirse es que no me estaban esperando.

El dueño y la dueña de la casa estaban sentados al final de una larga mesa, rodeados por una joven de dieciocho años y un chico de dieciséis que pertenecían a otra esfera. La multitud de niños ocupaba la mitad desheredada de la mesa, aquella en la que ni siquiera había pan. Era evidente que tenía asignado, si no mi propio sitio, sí al menos un espacio.

Mi abuelo cogió un plato de carne y se sirvió, luego le tendió el plato a su esposa, que se sirvió tan poco como su marido se había servido mucho, y luego se lo pasó a la joven. Así se procedió con todos los platos.

Yo me había sentado junto a Charles, mi casi gemelo. El chiquillo estiraba el cuello para mirar los platos y calculaba en voz baja: «Jean se sirve, luego será Lucie y después Simon, bueno, me quedaré sin carne, quizá me toquen las patatas...»

En casa de los Nothomb el derecho patrimonial se aplicaba a lo alimenticio: cuanto más viejo eras, más podías aspirar a comer. Cuando los platos llegaron a Charles y a mí, estaban casi vacíos.

Simon, cuyo plato no estaba mucho más lleno que el nuestro, logró sustraer la cesta de pan del lado adulto de la mesa. Nos sentimos inmensamente felices de poder coger cada uno un trozo.

Simpaticé con Charles preguntándole por el nombre de cada uno.

—En la mesa de los mayores, están los padres. La chica es Marie-Claire, el chico es Jean. Y luego estamos nosotros: Lucie, Simon, Colette, Donate y yo.

—Faltan chicos —calculé.

—Sí, los adultos: Paul, Dominique y Jacqueline, que viven su vida.

—¿Por qué solo los mayores tienen algo que comer?

—Es así. Si llegas a la edad de dieciséis años, serás alimentado.

—A ti y a mí nos quedan diez años de espera —declaré.

—No será fácil. Pero tú solo estarás aquí por las vacaciones. Sobrevivirás.

Experimenté una profunda admiración por esos niños que soportaban unas condiciones de existencia tan especiales. De haber sido mayor, habría pensado en rebelarme contra un reglamento tan escandaloso. A los seis años, solo tenía una obsesión: adaptarme.

Mientras me comía mi trozo de pan, observaba a mi abuelo. Vestido con un traje elegante, hablaba amablemente con su fascinada esposa y con sus hijos mayores. Parecían no reparar en la presencia de los niños pobres y enclenques que ocupaban el extremo de la mesa y que no recibían ninguna educación más allá de un darwinismo puro y duro.

La cocinera trajo el postre: una palangana de compota de ruibarbo, que circuló en el orden de precedencia y que, sin estar vacía del todo, llegó a Charles y a mí. Estaba degustando mi parte con fruición cuando el patriarca se levantó, abrió los brazos y anunció:

–Voy a pronunciar una palabra eterna.

Nunca había oído una voz tan enfática. Cada uno dejó su cuchara con expresión resignada.

Tras un silencio destinado a destacar lo que iba a ser dicho, el abuelo declaró:

–El ruibarbo es el refresco del alma.

Observó el efecto que producía su sentencia y volvió a sentarse. Con un gesto indicó que podíamos volver a comer y a hablar.

–¿Qué ha dicho? –le pregunté a Charles.

–Que el ruibarbo es el refresco del alma.

–Sí, ya lo he oído. Pero ¿de dónde sale eso?

—De él. Se le acaba de ocurrir, así que lo comparte. Es poesía.

—La poesía rima, ¿verdad?

—No forzosamente.

Cuando los platos quedaron limpios, Pierre Nothomb se levantó, más señorialmente que nunca, y condujo a los adultos al salón. Los niños salieron corriendo afuera, yo les seguí. Había luz como si fuera de día y Simon decidió que iríamos a la pradera a jugar a fútbol.

—Normalmente hacen falta dos equipos de once jugadores. Nosotros somos seis. No hay problema: Patrick es portero y jugamos todos contra él.

Puso dos troncos en el suelo, delimitando un espacio de tres metros.

—Esa será la portería. Patrick, debes impedir que la pelota entre.

Me instalé en la portería, con el corazón palpitante. Los cinco chicos me cosieron a balonazos. No sabía dónde meterme, tenía que moverme sin parar para proteger el espacio que caía bajo mi jurisdicción.

El primer gol lo marcó Colette a los dos minutos de juego:

—¡Una chica! —se burló Simon.

—Es la primera vez que juego —dije a modo de excusa.

—Ya se nota. Los buenos *goalkeepers* se tiran al suelo para hacer de muralla con el cuerpo. Tú das saltitos como un gnomo delante de la portería.

Picado, me pasé el resto del partido tirándome al suelo. Tenía tan poco instinto que siempre elegía el lado equivocado. Encajé unos treinta goles.

—Eres lamentable —concluyó Simon.

Al caer la noche, la abuela vino para ordenarnos que nos fuéramos a la cama. Al verme gritó:

—Patrick, ¿qué le ha pasado a tu hermoso traje de marinero?

Me miré a mí mismo: mi ropa estaba tan manchada de barro que el color original apenas se adivinaba.

—Me da igual —dije valiente.

Es lo que pensaba. Me había encantado la experiencia.

En el dormitorio, cada uno se desvistió. Los chicos eran tan delgados que yo casi parecía regordete. Me puse un pijama de franela azul celeste mientras los demás se enfundaron en indescriptibles harapos agujereados. La cama me pareció increíblemente incómoda.

La banda se quedó dormida al momento. A mí me costó conciliar el sueño. Se oían a las ratas correteando cerca de las paredes. El techo crujía sugiriendo la tentativa de allanamiento de uno o varios fantasmas. ¿Cómo superar el terror que todo eso me inspiraba?

El abuelito solía decirme: «Te tienes que curtir.» Empezaba a comprender qué significaba: tenía el cuerpo tan tierno como el alma. Si quería sobrevivir a los dos meses que me esperaban, iba a tener que transformar mi carácter dulce en armadura.

Pero ¿cómo hacerlo? De hecho, ¿cómo luchar contra el miedo a la noche? «Agárrate a algo agradable», pensé.

En aquel momento, un búho ululó en el bosque cercano. Nunca había oído nada parecido. Aquel aullido me rompió el corazón. Si hubiera tenido que expresar lo que sentía desde mi llegada, habría podido recurrir a aquel aullido tan puro, mezcla confusa de éxtasis y llamada de socorro. Yo experimentaba las mismas emociones imposibles de desentrañar. Sí, estar allí me hacía sentir extasiado hasta el límite, tanto como desesperado.

El búho me comprendía. No estaba solo. Esa convicción me salvó. Me quedé dormido.

Qué embriaguez, para el muchacho de ciudad, despertarse en el corazón de un bosque susurrante por la mañana. Necesité algo de tiempo para comprender que los niños ya habían bajado. No descontento con mi soledad, me vestí y me uní a ellos en la cocina.

Una mujer demacrada, que la noche anterior había llevado los platos a la mesa, me recibió. Como un culpable defendiéndose de un crimen, repitió con obstinación:

—Ya no queda leche. Ya no queda pan. Ya no queda nada. Los niños se lo han comido todo.

Mi presencia parecía resultarle insoportable. Fuera me esperaba un tiempo fabuloso. El aire de la mañana, en Pont d'Oye, olía a una mezcla de piedra y madera de una vitalidad turbadora. Lejos de mis torturadores, yo me sentía de lo más feliz enfrentándome a tanto placer.

Salí del recinto del castillo y caminé hasta las fincas de abajo. En el huerto, vi a la abuela arrodillada y recolectando unos vegetales inidentificables. Muy molesta de que la hubiera sorprendido, me llamó:

–No le contarás a nadie que me has visto recolectando ruibarbo, ¿verdad?

–¿Es ruibarbo?

–Sí, lo planté yo misma. Descubrí que esta planta crecía fácilmente y daba mucho de sí. Y a tu abuelo le encanta la compota de ruibarbo, como le oíste decir ayer por la noche. No se da cuenta de que la cocinera apenas tiene con qué preparar la comida con el dinero que le da. Estamos en guerra.

–¿Acaso el abuelo es pobre?

–Es difícil saberlo. Ni siquiera él lo sabe. Tu abuelo no vive completamente en la realidad. Es poeta. Así no se gana dinero. También es abogado.

Me explicó el significado de aquella palabra.

–Por desgracia, no gana mucho dinero con ese trabajo auténtico. No tiene el don de elegir los casos que dan dinero. La última persona a la que defendió fue Léontine.

–¿Quién es Léontine?

–Es la cocinera. La acusaron de haber envenenado a su marido. El juicio se celebró en el tribunal de Arlon, hace dos años. Todo el mundo habló de ello. Las pruebas contra Léontine eran abrumadoras. Tu abuelo la defendió. Acabó su alegato con un argumento rotundo: «Señores del jurado, creo tanto en esta mujer que, si la declaran inocente, juro que la contrataré como cocinera de mi familia.» Se la llevó. Aquel juicio tan admirable no le reportó dinero alguno. Y aquí nos tienes, con una cocinera que, desgraciadamente, no tiene muchos alimentos que preparar.

Se levantó, con el sudor en la frente por haber seguido recolectando mientras hablaba.

–Intenté plantar patatas. Es otro cantar. No debo de tener mucha mano con las plantas. Cuando me casé con tu abuelo, ni de lejos podía sospechar que tendría que enfrentarme a una situación como esta.

–¿Por qué te casaste con él? –no pude evitar preguntarle.

–¡Menuda preguntita! Tu abuelo es un poeta

distinguido. Habla con la gente con consideración y sabe escuchar muy bien.

–Sí, me he fijado.

Se rió.

–Si es cierto con un niño, imagina con una
mujer joven.

La abuela debía necesitar de verdad hablar
con alguien para compartir todo aquello conmigo. Le tranquilizó pensar que no entendía nada y
prosiguió:

–Es un hombre maravilloso, sabes. Vive en
una especie de cuento de hadas en el que las mujeres son princesas que se alimentan de escarcha
y los niños son hermanos y hermanas de Pulgar-
cito.

Levantó dos sacos llenos de raíces de ruibarbo y trastabilló hasta el castillo, negándose a que
le ayudara. Léontine recibió aquellos productos
con alivio.

–Ahora voy a ponerme presentable –dijo la
abuela antes de desaparecer.

En el jardín, me encontré con Jean, el joven
de dieciséis años, el que acababa de ser admitido
a la mesa de los mayores. Me saludó con un gesto de la cabeza.

–¿Estar aquí no te resulta demasiado duro?

–No –respondí con orgullo.

–No les tengas en cuenta que sean crueles contigo. Si supieras lo difícil que resulta crecer en Pont d'Oye.

Sujetaba un libro cuya portada yo intentaba ver. Me la enseñó.

–*Árboles del atardecer*, de Pierre Nothomb –leí en voz alta.

–Son los poemas de papá.

Abrí el poemario. Contenía largas columnas verbales que rimaban. Aquello se correspondía con lo que había visto en los libros de lectura que habían pasado por mis manos en la guardería o en casa. Algo me impedía penetrar en semejantes textos, aunque hiciera dos años que sabía leer.

–¿Qué opinas de ellos? –me preguntó Jean.

Abrí mucho los ojos. ¿Desde cuándo había que opinar sobre la poesía? Al azar, le hice partícipe de mi experiencia.

–Es poesía.

–¿Pero es buena o no?

La pregunta me dejó estupefacto. Nunca se me había ocurrido que uno pudiera aprobar la poesía o no. La poesía, como el mal tiempo, los días festivos o los soldaditos de plomo, existía y punto. Era una realidad con la que había que convivir. No respondí. Jean prosiguió:

–Es lamentable.

Me sentí mal. Aventuraba unas opiniones que me superaban y me angustiaban. Jean había recuperado el poemario y, en voz alta, leyó uno de los textos. Su grandilocuencia me pareció conveniente; no me daba cuenta de que él intentaba ridiculizar lo que declamaba.

–¿Y bien? –dijo–. ¿Entiendes ahora por qué es lamentable?

Con la esperanza de inspirarle algo de indulgencia, respondí:

–Tengo seis años.

–No eres demasiado espabilado. Y sin embargo lo he leído con el tono adecuado. Podrías haber notado lo grotesco que es.

–Es poesía –repetí.

–Pues fíjate que la poesía no tiene por qué ser ampulosa. ¿Has oído hablar del surrealismo?

–Tengo seis años –repetí.

–Ya me he enterado. Te diré algo: la poesía de papá es una mierda. Solo él puede escribir con esa solemnidad de pacotilla. Y solo a los imbéciles de su entorno puede gustarles semejante basura. Si les hablas de Pierre Nothomb a los surrealistas, se parten de risa.

Aquellos comentarios me hacían sentir incómodo. Le pregunté directamente si había conocido a mi padre.

–Pues claro. Tenía once años cuando murió.

–¿Cómo era?

–Un hermano mayor. Serio, severo. Respetaba a su padre. Ninguna fantasía. Muy distinto de mí.

–¿Era bueno contigo?

–Si me dirigió la palabra un par de veces en la vida, sería decir mucho. Papá lo adoraba. Era el hijo bueno, obedecía y nunca cuestionaba la autoridad.

Sentí que no apreciaba demasiado a mi padre y eso me dio pena. Jean volvió a echar pestes del abuelo. Ya no le interrumpí, por miedo a que hablara mal de mi padre otra vez.

–Si papá se conformara con escribir basura, no me importaría. Si le bastara con perpetrar poiemas (sí, cuando son un asco les llamo poiemas), no me escandalizaría, pero ya ha matado a tres personas a las que quería.

Me quedé pálido. Con toda evidencia, Jean sabía que me estaba castigando.

–Ha asesinado a mi madre y a dos de mis hermanas.

Me hubiera gustado protestar. Ningún sonido salía de mi boca.

–Te han contado que murieron de tuberculosis, ¿verdad? ¿Y qué es la tuberculosis? La enfermedad de los pobres. Si ese sujeto hubiera sido capaz de alimentar correctamente a su familia, mamá, Marisabelle y Louise se habrían curado. Pero no, el señor prefiere escribir poemas que nadie compra.

–Le salvó la vida a Léontine –logré articular.

–De acuerdo. ¿Y crees que lo hizo porque se preocupó de defender a una mujer débil? No. Eligió ese caso por la gloria que comportaba. Sabía que los periódicos se harían eco de ello. También sabía que no ganaría ningún dinero. ¿Seguramente te parece bien ser insensible al dinero?

No tenía opinión al respecto; temblé de malestar.

–Sin embargo, no es completamente insensible al dinero. Se casó con mamá por su dinero. Y cuando murió se casó con mi madrastra por la misma razón.

–La abuela quiere al abuelo –protesté.

–La abuela es una santa. No ve las cosas claras.

Nunca había conocido el odio. Ahora tenía la oportunidad de descubrirlo en directo, y habría pagado mucho dinero por estar en otra parte. No sabía que, a la edad de Jean, despreciar a tu padre es lo más natural.

–¿Has visto cómo sirve los platos en la mesa? No solo se sirve él primero, lo que ya resulta grosero para con su mujer, sino que además finge ignorar que allí estamos más de diez, algunos niños y adolescentes, en pleno crecimiento, y él, que es viejo y no necesita nada, arrasa con la mitad de la comida.

–Está despistado.

–Se le da muy bien parecerlo.

–Lo detestas –formulé, más para clarificar el vocabulario que para emitir un diagnóstico.

–Te prohíbo que juzgues mis sentimientos respecto a mi padre.

–Perdón, te estaba escuchando.

–Pues sigue escuchando. No es todo tan sencillo. Sé que tiene virtudes, sin embargo le guardo todavía más rencor porque precisamente esas virtudes son una circunstancia agravante. Es muy inteligente, sabe lo que hace. Cuanto más crezco, más comprendo a mi hermano Paul.

–¿Es el que nació justo después de mi padre?

–Sí. Se hizo comunista.

–¿Y eso qué significa?

–Es complicado. Digamos que significa ser lo opuesto a papá. Combatió en la guerra de España y ahora está en la resistencia de París.

–¿Y eso en qué consiste?

–Se esconde de los alemanes. Hace dos años que no tenemos noticias suyas. Puede que haya muerto.

–En nuestra familia hay mucha gente que muere joven.

Entonces apareció el rebaño de niños desde el otro lado del lago.

—Me voy con ellos —anuncié.

—Trata bien a Donate, pobrecita.

—¿Qué le ocurre?

—¿Te habrás fijado por lo menos en que es anormal? Debería estar en una institución. Pero como papá no puede permitírselo, se queda con nosotros.

Sorprendido por aquella revelación, me uní a los chicos. No, no me había dado cuenta de que Donate era anormal. Allí todo el mundo me parecía anormal. Mientras sembrábamos la discordia en el bosque, observé a Donate. Debía de tener ocho años y seguía el movimiento riendo sin cesar. Necesité tiempo para detectar que nunca cerraba la boca y que su léxico se limitaba a sí sí sí. En el fondo, su minusvalía demostraba una excelente capacidad de adaptación al modo de vida de los niños de Pont d'Oye. Siempre estaba contenta y solo hablaba para asentir.

Los demás miembros de la tropa no le concedían ningún trato de favor. Parecían haber olvidado que su hermana pequeña tenía un problema. A menudo emitía exclamaciones de alegría. Aquel entusiasmo exagerado me conmovió.

Aprendí a emular la actitud de Donate. En

lugar de tener miedo constantemente, como el primer día, decidí sentirme satisfecho todo el rato siguiendo el ejemplo de la pequeña anormal. Los demás ni siquiera se dieron cuenta. No quejarse nunca, estar siempre dispuesto a salir hacia el bosque para trepar a los árboles o zambullirse en el lago, jugar de portero en un partido de fútbol salvaje, pelearse en la mesa por un trozo de pan era lo normal, el día a día de la banda.

Llevábamos una existencia paralela a la de los adultos. Aparte de la abuela, ninguno de ellos se preocupaba de nosotros. Una noche, Donate no se presentó a la cena. Yo fui el único que se dio cuenta. Como la quería mucho, me guardé un trozo de pan en el bolsillo para ella: suprema prueba de amor por parte de un ser tan hambriento como yo. Más tarde, la encontré. Estaba acostada en su cama y cantaba «La Brabançonne» sustituyendo la letra por sí, sí, sí. Nunca he escuchado una versión más positiva del himno nacional belga.

Embriagada por su propio canto, Donate no había prestado atención a la campana que anunciaba la comida. Le ofrecí el trozo de pan, se abalanzó sobre él y lo devoró. Luego, me abrazó y me cubrió de saliva para manifestar su gratitud. ¡Y pensar que aquella chiquilla era mi tía!

Cada noche, tras una cena más bien escasa, todos recibíamos una porción de compota de ruibarbo gracias a los esfuerzos de la abuela. Algunos días en los que el pan escaseaba, el ruibarbo acababa siendo nuestro único alimento. No creo que haya casos de grupos humanos en los que el ruibarbo haya sido el único alimento, salvo en el de los niños de Pont d'Oye en aquellos veranos de guerra. Desde esa época conservo un fervor particular por ese vegetal fibroso y agradable.

El final de las vacaciones se acercaba. Me sentía orgulloso de haber sobrevivido. Charles debió de darse cuenta de ello cuando me dijo:

–Solo has pasado un verano en Pont d'Oye, aún no has visto nada.

–¿Por qué?

–Aquí lo difícil es el invierno. Y dura mucho tiempo.

Picado por la curiosidad, le respondí:

–Vendré para las vacaciones de Navidad.

–¡Eres tonto! ¡Quédate calentito en tu apartamento de Bruselas!

–Me encanta Pont d'Oye. Quiero verlo bajo la nieve.

Era sincero. Más allá de sus habitantes, había desarrollado un auténtico amor por aquel castillo y aquel bosque. Además, me encantaba formar parte de aquella banda de niños salvajes.

Durante la última cena, el abuelo me gritó:

–Querido Patrick, parece que nos abandonas.

–Sí. Mi abuelito vendrá a buscarme mañana.

–Te he estado observando, eres un espíritu distinguido. Aquí te apreciamos mucho. Esperamos tu regreso.

Por más que las burlas de los niños se recrudecieran, sonreí de orgullo. Pierre Nothomb tenía el don del contacto singular con la gente: se dirigía a cada uno como si se tratara de la persona más importante de su vida. De ahí la veneración que suscitaba.

El abuelito fue puntual. No emitió comentario alguno sobre mi traje de marinero sucio y hecho trizas, ni sobre mi aspecto miserable. Ursmar nos llevó a la estación.

En el tren a Bruselas intenté contarle al abuelito por qué me habían gustado tanto mis vacaciones. El general apenas me escuchaba. Parecía satisfecho y acogía mi balbuceo con indiferencia del suboficial.

En el apartamento me esperaba la abuelita, que al verme emitió un grito de terror:

–Querido, ¿qué te han hecho?

Se acercó y me abrazó con fuerza.

–¡Estás delgado como un clavo! ¡Y vas vestido como un mendigo!

Confieso que estaba encantado con esta reacción, que yo alimentaba:

–No nos daban demasiada comida –dije con expresión heroica.

–¡Es horroroso! Debes de estar muerto de hambre.

–Y que lo digas...

–Cenaremos dentro de una hora. Antes te voy a lavar.

Me desvistió y descubrió mi cuerpo esquelético. La hizo llorar.

–¡No hay derecho a dejar a un niño sin alimento!

Me metí en la bañera llena hasta el borde, cuya agua enseguida se volvió de color pardusco.

–¿Te lavaste allí?

–Alguna vez...

En realidad, solo había llegado a nadar en el lago, punto y final.

–¿Dónde está mamá?

–Esta noche cenará con nosotros. ¡Pobre Claude, cuando te vea en semejante estado!

La abuelita me enjabonó a fondo, me frotó y me puso ropa limpia.

–¿Qué han hecho con tu ropa esos salvajes? –preguntó.

–Fue al subirme a los árboles –inventé para no acusar al clan.

Al contrario de lo que había pronosticado su madre, mamá no manifestó desaprobación alguna al volver a verme.

–¿Has visto qué delgado está? –dijo la abuelita.

–Está bien. Por fin te pareces a tu padre.

Tenía tanta hambre que era incapaz de mirar nada que no fueran los platos. La abuelita me sirvió uno monumental sobre el que me abalancé.

–Pero, Paddy, ¿y tus modales? –intervino mamá.

–¡Nunca más enviaremos a este niño a casa de esos bárbaros! –dijo la abuelita.

–¡Quiero volver a Pont d'Oye! ¡Me han encantado estas vacaciones!

–¿Y si le gusta que le peguen? –dijo la abuelita.

–Volverás a ir –dijo el abuelito.

Estaba claro que el general aprobaba los malos tratos que había padecido en casa de los Nothomb. «Por fin llegará curtido a la vuelta al colegio», pensaba.

Estaba en lo cierto. El día de la vuelta a la escuela primaria, fui uno de los pocos que no se morían de miedo. Resultó que éramos cinco chicos para quince chicas. Estas no suponían demasiado peligro: bastaba elogiarles el pelo y las tenías en el bote. Con los chicos me hacía el duro, mirando al horizonte con la boca cerrada. ¿Acaso no era el hijo de un militar fallecido en una explosión y el nieto de un general?

–Tengo tuberculosis –me dijo Jacques, sin duda para hacerse el interesante.

–Conozco a tres personas que murieron de eso –respondí para consolarlo.

–¿Me ayudarás con mis deberes?

Como hacía tiempo que sabía leer y escribir, me convertí en el profesor de refuerzo de mis camaradas. En el patio, durante el recreo, prefería estar solo parando una pelota imaginaria y tirándome al suelo.

Preguntado sobre aquella conducta, respondí que deseaba formar parte del equipo de fútbol como portero. Me dijeron que el futbol solo interesaba a los alumnos de más de diez años. Suspiré de aburrimiento ante la idea de tener que esperar tanto tiempo.

Me acostumbré a pasar el recreo con Jacques. Me invitó a su casa después de la escuela. Su madre me hablaba como a un intelectual porque era el primero de la clase. Consideró que los progresos escolares de su hijo eran cosa mía y me ofreció chocolate.

De noche, recuperaba mi cama tibia y confortable. Recordaba con nostalgia mi jergón del dormitorio de Pont d'Oye; ¡qué bueno era dormir con toda la banda y escuchar al búho! Desde el retrato, frente a mí, mamá me miraba con una dulzura que nunca le había visto.

–¿Te gusta Pont d'Oye, mamá? –pregunté.

–Es el lugar en el que he sido más feliz –respondió ella.

–Yo también.

Sonrió. No debían de ser felicidades comparables.

–¿No quieres volver?

–Por nada del mundo. Allí se me rompió el corazón.

El primer trimestre me pareció interminable. Por Navidad, el abuelito me convocó:

–Tienes seis años y medio. Ya eres un hombre, ¿verdad?

–Sí.

–Irás solo a Pont d'Oye. Te he comprado el billete, Ursmar irá a esperarte a la estación de Habay-la-Neuve.

La abuelita protestó, insistió en acompañarme. El general se mantuvo firme.

–Este chico debe curtirse –era su leitmotiv.

–¡Pasará dos semanas en casa de esos salvajes! ¿Acaso no es suficiente?

–Abuelita, puedo con la maleta –intervine.

Eso por no hablar de la espantosa cantidad de chocolatinas y pasteles con que lastró mi equipaje. Me alegró tener algo para alimentar a la tribu y arrastré la maleta sin rechistar.

Las cuatro horas de tren me parecieron mágicas. A medida que nos íbamos hundiendo en las Ardenas, el espesor de la nieve aumentaba. El bosque soportaba el peso de tanta blancura que algunos árboles bajaban los brazos, igual que yo con mi maleta.

Ursmar la levantó sin esfuerzo. El coche de caballos recorrió los últimos kilómetros en absoluto silencio. Por fin, encajado bajo la nieve, apareció el castillo. Tanta belleza superaba mis expectativas.

La abuela corrió a mi encuentro, envuelta en un abrigo que no impedía que temblara. Me abrazó con fuerza.

–Mi Patrick, ¡qué buen color tienes! Ven a calentarte en la *shtouf.*

–¿En la qué?

–En la *shtouf.* Es dialecto local. Ya lo entenderás.

La *shtouf* designaba un modo de vida que permitía sobrevivir al invierno de las Ardenas. Consistía en amontonar todos los seres vivos de una casa, incluidos los animales, en la única habitación en la que todos pudieran caber. En Pont d'Oye la habitación en cuestión era el salón mediano. No se podía hablar propiamente de *shtouf* los caballos no eran admitidos. Al menos, el frío había abolido las diferencias sociales: Léontine y Ursmar se quedaban con los Nothomb.

El patriarca ocupaba el mejor sitio, cerca del fuego.

—¡Qué alegría volver a verte, Patrick! Ven a darme un beso.

Me escabullí entre los cuerpos apiñados para llegar hasta el abuelo, que tomó mis manos entre las suyas y me miró, con los ojos brillantes.

—¡Cómo te hemos echado de menos!

Entonces no conocía el uso del plural mayestático y de verdad creí que estaba hablando en nombre del clan. Emocionado por semejante recibimiento, fui repartiendo besos, sin fijarme en la expresión burlona de los chicos.

Ursmar me acompañó al piso de arriba con mi equipaje. De regreso a la *shtouf,* tuve dificultades para insertarme entre dos Nothomb para aproximarme a la chimenea. La tribu, sumergida bajo las mantas, parecía no tener otra ocupación que la de segregar calor.

En la mesa, por la noche, Léontine trajo una nueva sopera con un potaje claro cuya única virtud consistía en su temperatura, cercana a la ebullición. Los adultos arrasaron con las tres cuartas partes, y los niños tuvieron que compartir algunos cucharones del cuenco cada vez menos humeante, que sabían a agua grasienta enriquecida con algunos aros de cebolla. Aun así, había que tragarla muy rápido: se enfriaba a una velocidad desconcertante.

–Es mejor tener poca sopa –me dijo Charles–. Así no tienes que levantarte por la noche para ir a mear.

Devoraron el pan hasta la última miga y entonces se decretó que la cena había terminado.

–¿No hay compota de ruibarbo? –me sorprendí diciendo en voz alta.

Mi comentario provocó risas.

–¿Qué te has creído? –dijo Simon–. Ya no estamos en verano.

Caramba, íbamos a comer aún menos que durante las vacaciones.

Tras una hora de vigilia en la *shtouf* destinada a recalentar nuestros organismos, se ordenó a los niños regresar a sus aposentos. No comprendí por qué mis cinco comparsas lo hicieron con tanto entusiasmo hasta que les vi abalanzarse sobre mi maleta y hacerla pedazos. Se lanzaron sobre los paquetes de galletas y chocolate, los destriparon y los devoraron con expresión de fieras hambrientas.

–¡Y pensar que en Bruselas tienes *spéculoos*

cuando quieres! –dijo Colette, mirándome como si fuera Sardanápalo.

–¿Acaso han olvidado encender la calefacción? –pregunté.

–¿Has visto algo parecido a un calefactor? Aquí todos dormimos vestidos –respondió Lucie.

–¿El abuelo también?

–Nada que ver –dijo Simon–. Ursmar pone brasas en el brasero y calienta la cama de papá antes de que se meta bajo el edredón. Bueno, basta de cháchara por hoy. A dormir.

Los niños obedecieron como un solo hombre. Sin rechistar, me metí en mi jergón: la cosa consistía en insertar mi cuerpo entre un colchón destrozado y una manta de lana no más gruesa que un trapo. Por más que me fuera enrollando dentro de ella, me moría de frío. La temperatura del granero debía de ser positiva, pero por los pelos.

Descubrí la peor sensación del universo: las mandíbulas heladas se me cerraron. Me habría gustado tiritar: eso me habría salvado. Por motivos desconocidos, mi piel era incapaz de reaccionar así. Tenía cuerpo y alma congelados por la agonía. El hielo se iba apoderado de mi persona por los pies e iba subiendo poco a poco. Mi nariz ya tenía la consistencia de un cubito. ¿Cómo podían los chicos sobrevivir en semejante desván?

Oí a Simon, que ya estaba roncando. ¿Así que era posible dormir en semejantes condiciones? Yo nunca podría lograrlo. Sentí deseos de unirme a los adultos en la *shtouf*. Por desgracia, si sucumbía a mi deseo, me ganaría el peor de los castigos: el deshonor.

Así que iba a tener que morir. Tenía seis años y medio: la vida me parecía larga. Me habían ocurrido muchas cosas. Un artista me había retratado en brazos de mi madre. Había aprendido el oficio de portero de fútbol. En la escuela, me había ganado la amistad de Jacques, que se acordaría de mí. Podía aceptar la muerte serenamente. Sin embargo, una rebeldía me animaba: una fuerza venida desde lejos gritaba en mis huesos. Decidí ignorarla. Se iban a tener que aguantar. Moriría con valentía, sin un gemido.

Se produjo un milagro. Alguien me sacudió el hombro. Era Donate:

–También tienes que poner la cabeza debajo de la manta.

La oscuridad le daba un aire de pitonisa. Parecía tener la facultad de ver a oscuras. Como la estaba mirando con terror, agarró mi manta, me la subió a la altura del rostro y la alineó con el cráneo.

–Ahora duérmete –susurró.

Oí cómo regresaba a su cama.

Tuve que rendirme a la evidencia: ella había dicho la verdad. Mi aliento no tardó en calentar el espacio delimitado por la manta y la temperatura de mi cuerpo se volvió casi aceptable. De repente, mis dientes empezaron a tiritar, excelente mecanismo de defensa del que antes había sido incapaz.

Lo que me había salvado no era solo el buen consejo de Donate, sino también descubrir que alguien se preocupaba por mi suerte. No estaba solo en este mundo. Que fuera la pequeña anormal la que se preocupara por mí me conmovía especialmente. ¿Acaso era gratitud por el trozo de pan que le había llevado el verano anterior? Sospechaba que no. Se habría comportado igual con cualquiera.

Me dormí.

Unas horas más tarde, me desperté con una necesidad. Me acordé de las palabras de Charles. Por desgracia, no había otra solución. Mojar la cama sería injustificable. Así que reuní mucha más valentía de la que tenía y me levanté.

El miedo era tan intenso que lograba eclipsar el frío. Salir de debajo de las mantas fue una operación peligrosa, pero la oscuridad que me esperaba en las escaleras de caracol no tenía nombre.

Fui bajando los escalones hasta el primer rellano, esperando que algún adulto hubiera olvidado una lámpara. Unas tinieblas aún más espesas me estaban esperando.

Tuve que localizar el inicio del segundo tramo de escalera. Caminaba a cuatro patas para no caer por el abismo de los escalones. Fue un milagro que no se me escapara el pipí. Abajo, estaba tan desorientado que necesité unos diez minutos para encontrar la puerta del lavabo. Cuando por fin pude instalarme, me vacié entero: hasta ese punto el terror había multiplicado mi necesidad. Tuve el acierto de no encender la luz, adivinando que valía más que mis ojos siguieran acostumbrados a la oscuridad para el regreso.

El ruido de la cadena me persuadió de que el edificio entero se iba a derrumbar. Escalé con prisa el primer tramo de escalera con la impresión de que me acechaba una presencia. ¿Se trataba de una rata? Por grande que fuera mi repulsión, deseé que fuera así. ¡Qué difícil resultaba no gemir de pánico!

Durante el ascenso al segundo tramo de escalera, resultó que la rata empezó a tomarme por un jamón viviente. Para evitar que me clavara los dientes en el muslo, la alejé de una patada. Deslumbrado por mi propia valentía, llegué al dormitorio, que me pareció un remanso de paz. Volví a acostarme, atento a sumergir mi cabeza debajo de la manta, y me dormí jurándome que, en adelante, pasaría por el lavabo antes de subir a acostarme.

Por la mañana había dejado de nevar. Caminar fuera era un suplicio al que muy pronto dejamos de prestar atención, tanto maravillaba el espectáculo del castillo y del bosque sepultados por la blancura. Creía que íbamos a jugar, me equivoqué. Simon nos ordenó que fuéramos a limpiar el lago antes de que la nieve se helara sobre el hielo, haciendo el patinaje impracticable.

Cada niño cogió una especie de escoba-raspador y retiró de la superficie helada unos metros de nieve fresca. A continuación, fuimos a la cabaña a equiparnos con viejos patines. Tuve cuidado de no confesar que no había patinado en mi vida, lo que no tardó en saberse. Decidido a adaptarme a cualquier precio, desarrollé una técnica que me permitió no caer constantemente. Este método, antiguo como el mundo, se llamaba velocidad. Si uno corría con los patines a grandes zancadas, parecía dominar y no se pasaba todo el rato revolcándose.

–Te las apañas bien –dijo Charles.

Orgulloso como Artabán, me di cuenta de que tenía calor. Deliciosa sensación. No medía el peligro que conllevaba y me senté en la orilla del lago a contemplar el esplendor del paisaje. En menos tiempo del que se tarda en escribirlo, mi sudor había empezado a enfriarse. Regresé a patinar con los demás, en vano. «El hielo siempre gana», me había señalado la abuela en el castillo mientras tendía mi ropa empapada.

–¿Entonces no podemos parar de patinar? –pregunté.

–Sí. Pero debes vestirte de manera que no transpires nunca. La idea es tener un poco de frío a la que sales fuera. Acuérdate de eso.

Lo tuve claro. Lo cual no me impidió cometer algunos errores que me costaron un resfriado constante, pero mientras eso no bajara hacia el pecho, se consideraba que uno tenía buena salud.

De lo que había conocido en seis años y medio de existencia, aquellas vacaciones de Navidad fueron lo que más se parecía a la felicidad. Los días pasados patinando sobre el lago, acurrucado en el bosque o pisoteando la nieve de los caminos me deslumbraban sin descanso. Pertenecer a una banda de niños no dejaba de entusiasmarme.

Simon se las ingeniaba para inventar nuevas torturas para mí. Cuando una tempestad nos condenaba a no poder salir, me obligaba a encerrarme en el retrete con un poemario de su padre, con la condición de que me aprendiera varias páginas de memoria. El Trianón era el lugar más frío del castillo, allí temblaba tan fuerte que mi memoria absorbía los versos a la velocidad del relámpago.

−¡Ya está! −gritaba.

Me permitían abandonar mi cárcel, me confiscaban el libro y tenía que recitar a los cinco niños, mientras Simon cotejaba el texto. Bastaba un ínfimo error −«los» en lugar de «unos», «uno» en lugar de «el»− para multiplicar por dos el número de poemas a memorizar y encerrarme de nuevo.

Un día en el que Pierre Nothomb se dirigía allí donde incluso los reyes van andando, me sorprendió diciendo, con el tono adecuado, varios de sus poemas a sus cinco hijos más jóvenes.

Lejos de sospechar el suplicio que escondía aquella escena, el abuelo se conmovió y me abrazó:

−Mi Patrick, ¡no sabía que mi obra te gustaba tanto! ¡Qué bien la recitas!

Era la primera vez que un hombre me abrazaba: calibré en ese instante hasta qué punto me habría gustado tener un padre.

Por la noche, mientras el clan se calentaba en la *shtouf,* el abuelo contó a todos su versión del momento en cuestión:

–Patrick es un niño pudoroso con lo que ama. Le he sorprendido recitando fervoroso uno de mis poemas favoritos. Había elegido como público a mis hijos más pequeños, con el objetivo de explicarles el talento de su padre. Y aquellos pequeños salvajes le escuchaban boquiabiertos. Cuando uno asiste a semejante milagro, ¿puede dudar todavía de la gracia?

La abuela me dio un beso, conmovida por ese relato. Antes de mi marcha, me ofreció un libro:

–Ya que te gusta la poesía, querido, te regalo este poemario que nunca me ha abandonado.

Era un pobre ejemplar escolar sobre el que estaba escrito: «Arthur Rimbaud. Poemas.»

–Arthur Rimbaud es el mayor poeta de todos los tiempos –dijo ella–. Nació en las Ardenas francesas, muy cerca de aquí.

En el tren de regreso, intenté leer aquel regalo. La infancia tiene la virtud de no intentar responder a la estúpida pregunta: «¿Me gusta?» Para mí se trataba de descubrir.

Me abrí paso entre aquellos escarpados poemas. Tenía la impresión de que me proponían ascensos demasiado difíciles. Sin embargo, me prometí a mí mismo escalar aquellas cumbres cuando fuera alpinista.

Una vez en Bruselas, siguiendo un guión ya establecido, fui recibido con una ruidosa compasión y un baño ardiente. Mientras la abuelita constataba cuánto había adelgazado, yo me dedicaba a la embriaguez del agua humeante. Cuando se ha sufrido el frío durante dos semanas, tener calor constituye una ocupación a tiempo completo.

−¿Y supongo que no habrás recibido ningún regalo de Navidad? −se indignó la abuelita.

–Sí, me han regalado un libro.

Le enseñé el poemario baqueteado que me había regalado la abuela.

–Vaya, vaya, ¡qué lujo!

No capté la ironía. Seguramente la abuelita no sabía quién era Rimbaud.

–No estás obligado a ir a Pont d'Oye, querido –dijo bondadosamente.

–Por favor, abuelita, ¡quiero volver este verano! Me gusta tanto estar allí...

–Como quieras –respondió ella encogiéndose de hombros.

A decir verdad, me habría gustado ir también durante las vacaciones de Pascua, pero sentía que era mejor no mostrar hasta qué punto me entusiasmaban los Nothomb. A veces sorprendía al abuelito y la abuelita hablando secretamente y callando cuando yo aparecía. El nombre de Pierre había llegado a mis oídos. No quería saber más.

Estábamos en guerra. Me gustaría poder decir que me interesaba. Es probable que no entendiera nada. En la escuela, los profesores, prudentes, evitaban el tema. Recuerdo haber tenido que bajar al sótano algunas noches y haber visto allí a la abuelita aterrorizada.

Mi única constatación relacionada con aquel conflicto es que la anglofilia de mamá se acrecentó. Tan pronto como pudo alquilar un apartamento amueblado en Ostende, me llevó allí, aunque eso significara faltar a la escuela. Cuando hacía buen tiempo, desde el final del amarradero, afirmaba que podían verse los acantilados de Douvres. Yo le seguía la corriente y describía con todo detalle aquel paisaje imaginario.

Más tarde, en el restaurante, Claude apenas probaba su lenguado y se afligía al verme deglutir mis croquetas de gambas.

–Paddy, si quieres convertirte en un hombre de mundo, no tienes que comer así.

No me atrevía a responder que la ambición de convertirme en un hombre de mundo me resultaba ajena. Yo quería ser portero de fútbol.

Para mí, el momento más grandioso del año era el tren Bruselas-Habay del primer día de las vacaciones de verano. Siempre llevaba conmigo el regalo de la abuela que, con los años, se convirtió en mi libro preferido. A base de leerlo, localicé, dentro de un largo poema titulado «El barco ebrio», una sucesión de versos que me retorcieron el alma:

Si yo ansío algún agua de Europa es la
    del charco
negro y frío en el cual, al caer la tarde rosa,

en cuclillas y triste, un niño suelta un barco
endeble y delicado como una mariposa.

Conocía ese charco. Era una especie de ria-
chuelo escondido en el bosque. No era época de
sequía y en las Ardenas había ríos más o menos
por todas partes, pero aquel, lento y triste, era
el mío, y allí me iba solo. Decidí que le llamaría el
charco.

La poesía me reveló su poder: asociar ese
curso de agua con el charco de Rimbaud lo volvió mágico para mí. Resolví que, sumergiendo
mi cabeza en él, encontraría a mi padre. Mante-
niéndola bajo el agua el tiempo suficiente, me
pareció, en efecto, que percibía el rostro de un
hombre.

Al acabar la guerra, tenía nueve años. No
hubo cambios enormes, salvo en las clases de historia en las que, en adelante, el profesor se atre-
vió a abordar el tema de puntillas.

En Pont d'Oye, la comida no fue más abun-
dante a partir de 1945. Para los hijos de Pierre
Nothomb, sobrevivir a su infancia seguía consti-
tuyendo una experiencia darwiniana.

En el verano de 1951, constaté que Donate ya no estaba allí.

–Está en una institución –me dijo Charles–. Tiene diecisiete años, ya no es posible mantenerla aquí.

Lo sentí mucho: me inspiraba ternura.

–Tenemos quince años –añadió Charles–. Ya no somos niños.

Aquella evidencia me dejó helado. En adelante a Charles y a mí nos admitieron entre los adultos, menos por la gracia de una madurez particular que por la ausencia de otros niños.

En la mesa, se abordó la cuestión monárquica, como entonces ocurría en todas partes de Bélgica. Curiosamente, no hubo discusión.

Simon, veinte años, guapo como un actor, había invitado a su conquista del momento, una preciosidad que apenas se atrevía a pronunciar palabra, asustada por las miradas del clan.

—¿Se van a casar? —le pregunté a Charles.

—¿Bromeas? Cambia de novia cada semana.

Tras devorar la escasa comida, Charles me preguntó cuál era mi ambición. Le respondí lo mismo que cuando tenía seis años:

—Ser portero de fútbol.

—¿En serio?

—Sí.

—Mírate, Patrick. No tienes músculos, eres un intelectual. Búscate otra carrera.

Reflexioné y dije:

—Jefe de estación.

Charles se echó a reír, con aire de pensar que no tenía remedio. Su reacción me decepcionó. Portero de fútbol o jefe de estación eran los futuros que más me llamaban. Fuera de eso, no me atraía nada.

El final de la infancia no me sonreía. Mi único y auténtico deseo consistía en tener un padre. Tenía dos abuelos a los que durante mucho tiempo había asignado ese papel. Por desgracia, con el tiempo, empezaba a comprender que no me convenían. Pasaban de los setenta años: eso suponía un problema.

Charles era de mi edad, y sin embargo mi abuelo era su padre. Me atreví a preguntarle sobre esa cuestión.

–Tienes razón –respondió–. Es extraño. Normalmente, un padre te explica en qué mundo vives. Papá no tiene ni idea, es demasiado viejo. Lo respeto pero no está en condiciones de ejercer su papel.

–¡Si supieras hasta qué punto me falta tener un padre!

–Te equivocas. Yo tengo un padre y tampoco es que me ilumine.

–En Shakespeare, los padres son tan importantes y magníficos... Estoy seguro de que existen padres así.

–¡Lees a Shakespeare!

Me ruboricé de vergüenza. Entre los salvajes de Pont d'Oye, con la excepción del abuelo y la abuela, no había que demostrar que tenías cultura.

Charles se disponía a irse de la lengua y contárselo a toda la pandilla, solo para subrayar hasta qué punto yo era sospechoso, cuando se produjo un acontecimiento inesperado: Lucie sangraba por la nariz y, unos segundos más tarde, me desmayé.

Cuando me desperté, allí estaban los Nothomb.

–¿Qué ha ocurrido? –pregunté.

–Somos nosotros los que deberíamos preguntártelo. ¿Por qué te has desmayado?

–He visto la sangre saliendo de la nariz de Lucie y todo se ha vuelto negro.

—¿Era la primera vez que veías sangre? —preguntó la abuela.

—Creo que sí.

—Pues ahí lo tienes. Te desmayas al ver sangre.

—¿Eso pasa? —preguntó Simon.

—Sí —respondió la abuela—. Tenía una vieja tía con el mismo problema.

Aquella respuesta empeoró mi caso. Me convertí en el hazmerreír del clan.

—¡Nenaza! —declaró Simon.

—¡Protesto! —intervino Colette—. Las mujeres no se desmayan en presencia de la sangre: la conocen mejor que vosotros.

—¿Y la vieja tía de mamá? —discrepó Simon.

—No era normal —precisó Colette.

Estaba sentenciado. Ese rasgo no me abandonó. Basta que vea sangre humana para desvanecerme. Ni siquiera puedo hablar de fobia, ya que no soy consciente el suficiente tiempo para analizar el fenómeno. En virtud del principio de complementariedad, esa toma de conciencia intensificó mi patología. En adelante, ver un solomillo poco hecho o un tartar era suficiente. Se convirtió en un hándicap no menor.

De haber pertenecido a otra generación, sin duda me habrían enviado al médico. No hace falta ser un sabio para intuir que la muerte de mi padre tenía algo que ver con el asunto. Cuando la causa de una muerte es la explosión de una mina, debe haber fuegos artificiales de sangre.

Se convirtió en mi talón de Aquiles. Los bromistas malvados de Pont d'Oye se ensañaron conmigo. Simon no perdía ocasión de hacerse cortes en la piel solo por el placer de asistir a mi desmayo inmediato.

Se me prohibió entrar en la cocina. No podía excluirse la posibilidad de que me cruzara con un rustido de buey todavía crudo.

En su maldad, Simon esperó a que la palabra generara el efecto de la cosa. Por fortuna, no se produjo semejante contagio. Detesto la palabra sangre, pero sigue siendo inofensiva. Por más que Simon transformó su discurso en una logorrea pensada para colocar ese término en todas las frases, el contagio no se produjo.

Eso no quita para que regresara marcado de las vacaciones. ¿Habría llamado el abuelo al abuelito? Lo ignoro.

Yo, que soñaba con gustarle a mi madre, expresé ante ella mi deseo de alistarme en el ejército. Mamá me miró con consideración. Su padre lo cortó de raíz diciendo:

–Patrick, es imposible.

–¿Y por qué? –se ofuscó mi madre.

–Cuéntaselo a tu madre, pequeño.

¿Cómo había podido meterme en semejante

jardín? Habría bastado con que me callara. Maldije mi necesidad de deslumbrar a mi madre. Ella me miraba con una expresión que significaba: «Remátame, hijo mío, he sufrido tanto que ya no viene de ahí...» Muerto de pena, tomé la palabra:

—Me desmayo cuando veo sangre.

—¿Qué historia es esa? —dijo Claude.

El abuelito intervino de nuevo:

—Es verdad, hija mía. Y como Patrick seguramente no tiene ganas de trabajar en el ejército como chupatintas, sugiero que elija otra carrera.

Humillado, lancé una hipótesis solo por provocar:

—Podría hacerme poeta.

—¡Ah, con uno en la familia ya tenemos suficiente! ¿Tienes ganas de morirte de hambre como en Pont d'Oye? —se indignó el abuelito.

Bajé la mirada, dudando si evocar mi deseo de ser portero de fútbol o jefe de estación me costaría el exilio inmediato.

—Ay, Paddy, ¿qué vamos a hacer contigo?

—Veamos, hija mía —dijo la abuelita—, tu hijo tiene recursos. Es cortés, brillante, pacífico, elocuente...

La enumeración de aquellas virtudes me afligía: era todo lo contrario de lo que deseaba ser. Además, ¿de dónde demonios había sacado la abuelita que yo era elocuente? Apenas hablaba. Quizás fuera eso, por otra parte, lo que ella llamaba elocuencia.

–¿Qué carrera se puede emprender con semejantes cualidades? –gimió la que entendía con ese retrato hasta qué punto era distinto a los Nothomb.

–¡La carrera, precisamente! –respondió la abuelita.

–¿Y eso qué es? –pregunté.

–La diplomacia.

–¿En qué consiste?

–Veamos, Patrick, deberías saberlo. Los diplomáticos son gente que representa a su país en el extranjero. Ayudan a sus compatriotas y a veces impiden que se declaren guerras.

–¡Menudo aburrimiento! –suspiré.

Los tres adultos se echaron a reír. Estaba desesperado. Así, mi talón de Aquiles me condenaba a ejercer un oficio destinado a personas corteses y pacíficas. ¡Eso jamás! Decidí convertirme en actor dramático.

La temporada anterior la abuelita me había llevado al teatro del Parque a ver *Cyrano de Bergerac*. Me encantó. Me embarqué en la escritura de una obra de teatro que contaba más o menos la misma historia, con la diferencia de que el protagonista no tenía como hándicap una nariz desmesurada sino una propensión a desmayarse cuando veía sangre. Me di cuenta muy rápido de que aquello no funcionaba. Durante los duelos, mi personaje se desvanecía a la que asomaba la sangre. Resultaba simplemente ridículo.

Metódico, elaboré una lista de temas que tenía que evitar a causa de mi punto débil –en vista de que yo mismo interpretaría mis papeles, igual que Molière, o como mínimo tendría que asistir por fuerza a mis obras–, ya que no podía arriesgarme a comprobar si la sangre de teatro también provocaría mi desmayo. Así pues, tenía que descartar los combates, los vampiros, las jóvenes vírgenes, la búsqueda del Grial: en definitiva, todo lo que a la gente le apasionaba.

Solo me quedaban los temas psicológicos o el simbolismo. Me entraron ganas de ahorcarme. Tener quince años resultaba horroroso. Mi horizonte se encogía.

Al volver de vacaciones, Jacques me contó lo que llamaba su «ligue» con una joven inglesa.

–¡Menudas vacaciones, colega! Las chicas: deberías probarlo.

Seguramente tenía razón. ¿Por qué no me inspiraban? ¿Acaso era demasiado niño? Pensaba en Simon y declaré:

–Es que no soy guapo.

–¿Y qué? ¿Acaso yo lo soy? –dijo Jacques–. Además, tú no eres feo. Y eso es más que suficiente.

Tranquilizado por esta opinión, me pregunté dónde podía conocer chicas. Desde la secundaria, asistía a una escuela no mixta.

Jacques debió leer la pregunta en mis ojos: me propuso acompañarlo a la salida de una escuela de chicas cercana. A las cuatro y cuarto de la tarde, nos apostamos en la acera, frente a la puerta del colegio de Santa Úrsula.

En el fondo, nunca había visto chicas. Las señoritas de la tribu Nothomb, por haber sobrevivido a la rudeza familiar, se parecían más a pasionarias que a lo que yo imaginaba que era una chica: una criatura evanescente, soñadora, etérea.

Cuando las adolescentes empezaron a salir de Sainte-Ursule, me quedé boquiabierto. La mitad eran jóvenes tan hermosas que no sabía a cuál mirar. Me fiaba de Jacques, hombre de experiencia, para determinar una técnica de aproximación. Se quedó inmóvil como yo, atónito por el oleaje de gracia y vitalidad que fluía del colegio. Media hora más tarde, ya no quedaba nadie.

–¿Y? –pregunté.

–Nada del otro mundo. Género de poca monta –dijo Jacques.

–¿Estás de broma? Eran a cuál más preciosa.

–Patrick, tu entusiasmo te perjudica. A las mujeres les gustan los hombres indiferentes.

–Sin embargo, ninguna te ha mirado.

–Fingían indiferencia. Allí es donde he preparado el terreno.

Ya que el terreno estaba preparado, regresamos al día siguiente.

A las cuatro y cuarto de la tarde, el corazón me latía a toda velocidad. El milagro se reprodujo:

las puertas se abrieron, dejando paso a jóvenes maravillosas. Pero incluso las menos agraciadas emanaban encanto. A decir verdad, cualquiera de ellas me habría podido convertir en el más feliz de los chicos.

Fue entonces cuando se produjo el drama: Jacques sufrió uno de sus ataques de tos. El joven tuberculoso tosió con tanta intensidad que acabó vomitando un flujo de sangre sobre la acera. Me desmayé.

Al despertarme, una chica de belleza celestial tenía la mano puesta sobre mi frente.

—¿Dónde está Jacques? —tartamudeé.

—No sé de quién está hablando, señor. Se ha desmayado sobre su propia sangre. ¿Cuánto tiempo hace que tiene tuberculosis?

—No lo sé —respondí, muy impresionado de que me hubiera llamado señor.

—¿Quiere que llame una ambulancia?

—No, quiero volver a casa.

Me ayudó a levantarme. Mirando el charco de sangre seco sobre el que había caído, descubrí que solo la sangre fresca corriente y viva me provocaba el desmayo. Así, las manchas de sangre sobre mi abrigo me dejaron indiferente.

Édith me acompañó hasta la plaza de Jamblinne de Meux. Tenía catorce años y quería ser enfermera. Sus padres le habían puesto ese nombre en honor a Édith Cavell. La eponimia había funcionado: la joven había visto en mí a un enfermo grave al que salvar, su instinto de San Bernardo me confirió a sus ojos atractivos irresistibles.

Eufórico por semejante bendición, me abstuve de desengañarla. Édith tenía una larga cabellera de un color que oscilaba entre el de los caramelos blandos y el de la cerveza rubia. Sonreía constantemente y su rostro evocaba el de las vírgenes de las pinturas flamencas.

Me manifestaba un respeto exquisito, no dejaba de preguntarme cómo me encontraba y quería que me apoyara en ella al andar. Me negué, como el hombre duro al que deseaba encarnar.

Cuando llegamos a mi casa, Édith quiso hablar con mis padres. Exageré diciendo que era huérfano. La hermosa mirada de la joven se engrandeció. Me dio su número de teléfono.

Al día siguiente, Jacques quiso regresar a Sainte-Ursule conmigo. Me negué sin dignarme a darle ninguna explicación.

–Ya veo –dijo–. Crees que tienes un amigo y luego va y descubre que tienes tuberculosis.

–Jacques, siempre he sabido que eres tuberculoso. He decidido concentrarme en mis estudios, eso es todo. Además, la próxima vez que vomites sangre en la calle, no salgas corriendo.

–Y tú, la próxima vez que te desmayes, procura no estar conmigo.

A partir de aquellas palabras definitivas, cada uno guardó las distancias. A escondidas, volví a ver a Édith, y le escribí versos que le parecieron espléndidos. ¿Estaba enamorado? Probablemente. Pensaba en ella de la mañana a la noche. ¡Cómo me habría gustado besarla! Intenté arrancarle un beso, se alejó.

–Comprendo –dije–. Te da miedo contagiarte.

Picada, la adolescente puso de inmediato sus labios sobre los míos. Mi falta de experiencia en la materia debió de notarse tanto como la suya, pero qué importa: fue un instante fabuloso. La abracé, la apreté con fuerza, descubrí su olor a jabón: me había conquistado.

Ella se escapó, ofreciéndome su ausencia para saborear mejor su regalo. Corrí a acostarme en la cama y, mirando el retrato, me dirigí a mi madre en los siguientes términos:

–¡Ahora ya no eres la mujer de mi vida!

Cuando volví a ver a Édith, había cambiado.

–Besarse es extremadamente contagioso. Me he informado: es más que probable que coja la tuberculosis, y eso me cerrará las puertas de la escuela de enfermeras. No deberías haberme provocado, fue desleal por tu parte.

Por amor, cometí entonces una inmensa estupidez:

—No te preocupes, Édith, no soy tuberculoso. El charco de sangre del primer día era cosa de mi amigo Jacques.

—¡Pero te habías desmayado!

—Es porque me desmayo cuando veo sangre.

La joven me dedicó una mirada de desprecio que deformaba sus rasgos.

La fea expresión que había descubierto en su rostro me curó al instante. No sentía ninguna pena, solo alivio ante la idea de no haber dejado que me atraparan. Si Édith me hubiera amado de verdad, se habría alegrado de mi buena salud. Y, sobre todo, su aire ofendido me había informado de su naturaleza.

Desde aquel asunto, me quedó un reflejo cargado de sabiduría: no debía enamorarme nunca de una mujer sin antes haberla visto enfadada. Las contrariedades revelan la personalidad más profunda. Todo el mundo puede montar en cólera, empezando por mí, pero hay un muro que diferencia el enfado sano y el rostro ofendido. Este anula en mí la cristalización.

Al regresar a clase, me enteré de que Jacques

se había ido de la lengua respecto a mi talón de Aquiles.

—¿Así que te desmayas al ver sangre? —me dijo mofándose.

Perder un amigo es toda una prueba. Diez años de amistad con Jacques se esfumaron. No mostré mi pena. Tenía quince años, acababa de vivir mi primer beso y mi primera traición.

En la última fila se sentaba un chico de rostro impasible que no dejaba de estudiar no se sabía qué. Fui a sentarme junto a Hubert y vi que estaba dibujando ideogramas.

—¿Estás aprendiendo chino?

—Es japonés, pero se le acerca bastante.

—¿Por qué lo haces?

—Porque sí.

Ninguna arrogancia en su tono. Al preguntarle, descubrí que ya hablaba y escribía el sánscrito. Además, Hubert no tenía nada de empollón, y no lo era en absoluto. En matemáticas, ciencia y gimnasia, era todavía más inútil que yo, que ya es decir.

—Me desmayo cuando veo sangre —no tardé en confesarle.

—Eso he oído.

—¿Te parece ridículo?

–No tengo opinión.

Era una respuesta que solía dar.

Hubert, que no le inspiraba nada en particular a nadie, se mantenía indiferente a todo, incluso a sí mismo. Nos volvimos inseparables. Los profesores nos llamaban Durtenothomb o Nothombédurt, como Castor y Pollux. Hubert Durt nunca se metía en peleas por ego, susceptibilidad o testosterona.

Un día, con la intención de deslumbrarlo, declaré que ya había besado a una chica en la boca.

–¿Y estuvo bien? –me preguntó sin afectación.

–Bastante.

Registró la información, como quien piensa que ya la comprobará en el momento oportuno. Me salió el tiro por la culata: yo fui el deslumbrado.

No tuve otro amigo hasta el final de mi escolarización. Hubert me hizo mucho bien. Su sabiduría y su dulzura me marcaron; por lo menos eso quiero creer.

Empecé la carrera de Derecho en la Universidad de Namur. Namur era la única ciudad belga que, a ojos de Baudelaire, tenía encanto. Allí compartía un apartamento con Henri, que, igual que yo, era estudiante de primer año de Derecho. Era un chico muy guapo, tan seductor como simpático. Al cabo de una semana, ya nos divertíamos encanallándonos por los bajos fondos namurenses. El fin de semana regresábamos a Bruselas, donde frecuentábamos las mismas fiestas chic. Hijos de buena familia, ni se nos hubiera ocurrido no vestirnos con esmoquin para acudir a ellas, vagamente conscientes de que semejante atuendo, a los dieciocho años, resultaba ridículo.

En una de estas veladas mundanas, Henri se unió a mí con un aire de sufrimiento que me intrigó.

—Estoy enamorado —me confió.

Me eché a reír.

—No tiene gracia. Ella no me quiere.

—¿De quién se trata?

Me señaló una chica alta de una belleza muy sofisticada.

—Se llama Françoise.

—Es guapa, pero algo fría, ¿no?

—Tú no puedes comprenderlo. Podría morir de amor.

—¡Pues háblale, animal!

—Lo he intentado. Responde con monosílabos y aparta la mirada.

—Insiste.

—¡Llevo tres fiestas cortejándola! Ella solo muestra aburrimiento.

—¡Menuda idiota! Olvídate del tema.

—Te digo que estoy locamente enamorado.

—Escríbele una carta.

—Ya le he escrito por lo menos treinta. Mira.

Se sacó de los bolsillos unos papeles arrugados y me los enseñó. Los desplegué y solo leí necedades.

—¿Le has dado una de estas birrias? –pregunté.

—No.

—Entonces nada está perdido. ¿Quieres que le escriba una carta firmada con tu nombre?

—Eres mi hermano.

A la mañana siguiente me puse manos a la obra. ¡Qué fabuloso ejercicio, la carta de amor! Yo, que jamás había escrito ninguna por mi cuenta, descubría la embriaguez de escribir con astucia las palabras del flechazo. Volví a reunirme con Henri, que leyó mi trabajo abriendo los ojos desmesuradamente.

–¿Estás enamorado de Françoise o qué? –preguntó él.

–No es mi tipo.

–Si después de esto no me quiere, es que la cosa no tiene remedio.

Estampó su firma y envió la carta. Unos días más tarde, el conserje de Namur deslizó un sobre bajo la puerta de nuestro apartamento. Pálido, Henri se abalanzó sobre él y leyó.

–¡Me ama! –gritó.

Me tendió la misiva de Françoise. Para mi sorpresa, descubrí que escribía admirablemente, con corazón y espíritu. De no ser por ese rostro glacial, podría haberme enamorado.

–Patrick, todo esto es gracias a ti. La veré este fin de semana en la fiesta de los Kettenis.

Yo también estaba invitado, así que pude asistir a su reencuentro.

La joven seguía siendo igual de hermosa, pero más distante que nunca.

—¿Tú entiendes algo? —preguntó Henri alejándose.

—Es tímida —sugerí.

—¿Volverías a escribirle por mí?

Dicho y hecho. Cincelé un camafeo epistolar en el que introduje una dosis de desesperación, otra de indignación y una tercera de furor. La respuesta no tardó en llegar: sublime misiva en la que la hermana pequeña de la princesa de Clèves se sublevaba contra semejantes modales. «Henri, ¿a qué está esperando? Cuando le escribo, mis mejillas arden. ¿Cómo podría sostenerle la mirada?»

—¡Me ama! —gritó Henri.

—¡Qué complicada es! —suspiré.

La secuencia se reprodujo: en la fiesta de los Van Ypersele, Françoise apenas se dignó a dirigirle la palabra a Henri.

—¡Qué chica más enigmática! —dijo mi amigo, amilanado.

—Ya lo conseguiremos —declaré.

Escribí una misiva tan fogosa que Henri me preguntó si no estaba exagerando.

—¿La amas, sí o no?

—No quisiera asustarla.

—Te equivocas. Hay que agrietar el iceberg. Si no te hundirás igual que el *Titanic*.

La joven tenía por escrito la elocuencia que le faltaba al hablar. Si Henri intentaba besarla, se zafaba con espanto. Era algo más que mojigata. Mi amigo y yo llegamos a preguntarnos si no sufría alguna anomalía.

Al cabo de seis meses, como Henri no había logrado nada, ni besos ni citas, me suplicó que investigara. Yo estaba deseoso de hacerlo.

Averigüé la dirección de la joven y me acerqué a llamar a su puerta. Me recibió una jovencita de dieciséis años.

—¿Usted es el enamorado de mi hermana?

—No, yo soy Patrick, su amigo.

—¿Y por qué no viene Henri en persona?

Intenté explicárselo, no sin observar que la hermana pequeña tenía la viveza y el encanto que le faltaba a la mayor. Acabé hablándole de mil otras cosas. De repente, una criatura con rulos y gafas apareció en la entrada y, en tono adusto, se dirigió a mi interlocutora:

—¿A eso le llamas tú estudiar?

La miré y la reconocí, y exclamé:

—¡Françoise!

Me vio, me identificó y salió corriendo.

—¿Cuál es su problema? —le pregunté a la hermana pequeña.

–No soporta que la vean al natural.

–Es más grave todavía. Ni siquiera soporta que Henri le hable a solas. ¿Está enamorada, sí o no?

–Sí. Pero le falta mucha confianza en sí misma.

–¿Cree que acabará superando ese problema? ¿Henri puede tener esperanzas?

La joven suspiró.

–Intentaré influir en ella –dijo.

Me reuní con Henri y le conté todo lo que había presenciado.

–Sabes, he visto a Françoise con gafas y rulos; no era tan fascinante.

Semejantes palabras no afectaron al enamorado. Enseguida me encargó escribirle a Françoise una devastadora carta de amor. Así lo hice. La respuesta no tardó. Françoise nunca había utilizado palabras tan ardientes. La cosa volvía a ponerse en marcha.

Me di cuenta de que seguía teniendo a la hermana pequeña de Françoise en la cabeza. Encontré una excusa para volver a verla. Era todavía más hermosa que como la recordaba, de espíritu alegre y conversación entusiasta.

Una tarde en la que le hacía compañía, Françoise vino a decirme que no debía cortejar a su hermana, que eso no se hacía y que «todavía no salía al mundo».

Danièle puso los puños sobre sus caderas, adoptó una expresión furiosa y declaró:

–¿Quieres hacer el favor de meterte en tus asuntos?

Fotografié con la mirada esa justa y desacomplejada cólera: ¿acaso no era ese mi criterio de selección? Danièle me había conquistado.

Henri, por su parte, se volvía loco. Tras un año de suspiros y cartas ardientes, Françoise seguía siendo una fortaleza inexpugnable.

Sin consultarlo, me dirigía a Danièle, hablándole de la desesperación de mi amigo. Me tomó de la mano:

–Vayamos a dar una vuelta por el barrio.

Cuando estuvimos a cierta distancia de su casa, Danièle declaró:

–Yo soy la que responde a las cartas de Henri.

Abrí los ojos y dije:

–¡Y yo soy quien las escribe!

Momentáneamente estupefactos, nos echamos a reír. Enseguida, exigí una explicación.

–¡Tú sí que eres divertido! Escribo en lugar de Françoise por la misma razón por la que tú escribes en lugar de Henri. Los dos están realmente enamorados, pero les falta confianza en sí mismos.

–¿Por qué tu hermana rechaza la más mínima cita?

—Dice que le falta espíritu.

—Dile que Henri también dice lo mismo.

Danièle debió de defender hábilmente su causa, ya que mi amigo consiguió por fin una cita. A partir de entonces, ya no necesitó de mis servicios epistolares, ni Françoise de los de su hermana. Y empecé a escribirle a Danièle unas cartas que, aunque fueran muy diferentes a las que había firmado con el nombre de mi amigo, no por ello dejaban de estar inspiradas por el amor. Y sus respuestas me encantaban.

En los años cincuenta, estos ambientes, en Bélgica, estaban tan codificados como la corte de Enrique III. Tuve que esperar a que Danièle cumpliera dieciocho años e «hiciera su entrada en el mundo» para cortejarla oficialmente.

Tenía veinte años, no veía ningún motivo para esperar más. Le confié a Danièle mi terrible secreto.

–Me desmayo al ver sangre.

–Decididamente, no hay nada normal en ti.

–También me pasa con el steak tartar y el rosbif.

–Pues ya comeremos suelas de zapato.

Le propuse matrimonio, ella aceptó. Estábamos en 1956, nuestra vida empezaba.

Ni hablar. Ese fue el momento que eligió Pierre Nothomb para manifestarse. Me telefoneó para declarar que prohibía semejante unión.

—Esa señorita no es de una familia lo suficientemente buena para nosotros.

—Abuelo, pero ¿qué estás diciendo?

—Te recuerdo que somos Nothomb. Fue un Nothomb quien redactó la constitución de nuestro país.

—Que yo sepa, no somos los Windsor.

—Pero no estamos tan lejos de ellos como crees.

Colgué el teléfono, decidido a dejarlo solo en su delirio, e inmediatamente fui a reunirme con Danièle.

Por primera vez, fue su padre el que me abrió la puerta. Descubrí a un hombre inmenso y soberbio, de unos cuarenta y cinco años, muy elegante.

—¿Patrick Nothomb, supongo?

—El mismo. Vengo a ver a mi prometida.

—Lo lamento pero mi hija no puede ser su prometida. Crea que lo siento en el alma. Su abuelo me ha llamado para prohibirme que le reciba.

—No estamos obligados a obedecer a un déspota.

—A juzgar por el modo en el que ha insultado a mi familia, me sabe mal decírselo, pero tendré que oponerme a esta unión.

Me invadió un sentimiento indescriptible: estaba a la vez loco de cólera y completamente seducido. El hombre que acababa de conocer encarnaba al padre con el que siempre había soñado. Lo más extraño era la reciprocidad: aquel hombre, padre de tres hijas, descubría al hijo que había deseado. Uno y otro estábamos hechizados, y nuestras palabras no se correspondían en nada con lo que sentíamos.

–Señor, amo a su hija, y lucharé para que se convierta en mi esposa.

–Mi joven amigo, me resulta usted simpático. No desperdicie su vida por una causa perdida.

Investigué y averigüé que el caballero Guy Scheyven, padre de Danièle, provenía de la nobleza de Brujas. Es cierto que había incurrido en un mal casamiento al unirse con Guilaine Boucher, que provenía de la burguesía de Tournai. Pero de ahí a afirmar que Danièle no era de una familia lo suficientemente buena para los Nothomb había un trecho. Le dije todo eso por teléfono a Pierre Nothomb, que se rió en mis narices.

–Ya me lo agradecerás más adelante, querido. De todos modos, he hablado con su padre y me ha comprendido perfectamente.

–Sí, ha insultado a ese hombre, que es la viva encarnación de la nobleza.

–¿Qué lenguaje hablas, mi pequeño?

–Un lenguaje menos obsoleto que el suyo.

Nunca habría imaginado que viviría una situación tan irreal. Había tenido que pasar por eso para darme cuenta de cómo de atrasado estaba el mundo al que pertenecía. En aquel mismo instante, decidí que Danièle y yo nos expatriaríamos.

Porque renunciar a ella estaba fuera de cuestión. Así que nos veíamos a escondidas. El lugar de nuestras citas secretas era el pabellón del Octroi, en la entrada del bosque de la Cambre. Solo podíamos encontrarnos allí una vez por semana. El resto del tiempo, nos escribíamos cartas ardientes que nos eran entregadas gracias a la intermediación de Henri y de Françoise.

Una vez terminados mis estudios de Derecho, superé con éxito la prueba de acceso para ser diplomático. Solo me quedaba casarme con Danièle. Anuncié a toda Bélgica la noticia de mi matrimonio.

Pierre Nothomb me telefoneó en el acto.

–Has perdido la razón, mi pequeño.

–Lo que hago es perfectamente legal. No tiene derecho a impedírmelo.

—No me reuniré con esa mujer...

—En eso también se equivoca, Danièle y yo llegaremos a Pont d'Oye el próximo sábado.

—No la recibiré.

—Muy bien. Danièle repetirá en todas partes que además de ser usted un monstruo del esnobismo, también es un personaje grosero.

El golpe funcionó, adiviné que el abuelo recibiría a mi novia. Quedaba saber cómo.

El día señalado, pedí prestado el coche a mi madre para llevar a Danièle hasta lo más profundo de las Ardenas. La pobrecita, consciente del examen que la esperaba, estaba pálida como un sudario. Me pasé todo el trayecto intentando que se sintiera cómoda, en vano.

Pierre Nothomb se erguía ante el castillo en actitud amenazante. La joven saludó tartamudeando de terror.

—Buenos días, señorita —dijo ceremoniosamente—. ¡Es usted la viva encarnación de la belleza!

Esas palabras podrían haber sido amables si no hubieran ido acompañadas de despreciables insinuaciones.

Los Nothomb fueron llegando poco a poco para descubrir el objeto del escándalo. Danièle palidecía a ojos vistas. La llevaron a dar un paseo por el bosque.

El abuelo no dejaba de observarla de reojo.

—No mira usted el lago, señorita.

—Sí, lo miro.

—¿Y qué le parece?

En general, a mi prometida no le faltaba agilidad de réplica, pero esa prueba estaba siendo tan dura que ya no le quedaba ninguna. Así fue como respondió.

—El lago me parece una monada.

Se rieron con maldad. Simon, deseoso de alargar la broma, le preguntó a Danièle que qué le parecía el bosque. La pobre balbuceó:

—El bosque me parece alegre.

Fue como darles carnaza.

Durante el almuerzo, la joven no pudo probar bocado.

—¿Sabe usted que como embajadora, si es que alguna vez lo es, deberá probar cada plato en las comidas protocolarias? —le espetó Pierre Nothomb.

Danièle me miró pidiendo auxilio. Dije lo primero que me pasó por la cabeza:

—Danièle cuida la línea.

Carcajadas.

—Pero si está delgada como un hilo, señorita, es ridículo.

116

Mientras tomábamos café en el jardín, vi que la abuela hablaba amablemente con mi prometida. Mi alivio no duró mucho. El abuelo me llevó aparte y me dijo:

—Creo que ya lo has entendido, mi pequeño. Esta boda es inconcebible. Es una perfecta idiota. Te estoy haciendo un favor, créeme. Es arrebatadora, es cierto. Pues ya sabes, conviértela en tu amante.

Muy molesto, aduje una obligación para marcharme cuanto antes y sacar a Danièle de allí. Durante el trayecto de regreso, pude calibrar el carácter extraordinariamente positivo de mi prometida, que me dijo:

—Tu abuelo es un poco pesado, pero tu abuela me encanta.

Ni siquiera se había dado cuenta de la sesión de humillación que le había infligido Pierre Nothomb. ¡Qué fuerza y qué coraje! Fijé la fecha de nuestro matrimonio para el 13 de junio de 1960.

Poco después, recibí la visita del padre de Danièle.

—Todavía estás a tiempo de renunciar —me dijo.

Me indigné:

—¿Por qué dice eso? Creía que tenía usted simpatía por mí.

–Precisamente. Esta unión escandaliza a su familia.

–¿Y le parece que ese es motivo suficiente?

–No. Pero no me gustaría que un día se arrepintiera de haberse casado con mi hija.

–Me arrepentiré todavía menos en la medida en que es su hija. Ya ve, el drama de mi existencia es no haber tenido padre. Para mí usted representa el padre ideal.

Conmovido por semejante declaración, el que iba a convertirse en mi suegro dejó de insistir.

El día de la boda, Pierre Nothomb intentó imponerle el mismo ejercicio que a Danièle. Nunca supe qué contestó mi suegro, pero vi que el abuelo se alejaba lívido como alguien que acabara de vivir un fracaso humillante. Nunca más se habló de la supuesta baja extracción de mi esposa.

Un diplomático no se marcha enseguida al extranjero. Antes pasa dos años trabajando en el Ministerio de Asuntos Exteriores para aprender quiénes serán sus interlocutores durante los próximos cuarenta años.

A principios del otoño de 1961, Danièle me anunció que estaba embarazada. La noticia me perturbó: me iba a convertir en lo que tan dolorosamente me había faltado.

–Nacerá a finales de mayo –dijo ella.

–No podrías haberme hecho un regalo de cumpleaños más bonito –respondí.

No podía creerlo. El embarazo se desarrolló sin obstáculos y todo hacía presagiar que el bebé nacería el 24 de mayo.

Por desgracia, si es que puedo decirlo así, el 23 de mayo Danièle sintió las primeras contracciones hacia las seis de la tarde. Yo exclamé:

–¡Aguanta! Unas horas más y ya estaremos a 24 de mayo.

Ella me lanzó una mirada en la que leí mi estupidez y mi incompetencia.

A las once de la noche, Danièle dio a luz un niño. Era la época en la que al padre no se le invitaba a asistir al parto, lo cual evitó que me desmayara. Solo me llamaron una vez hubieron limpiado todo rastro de sangre del niño.

Mi hijo se llamó André, igual que mi padre. El que me había convertido en padre solo podía llevar el nombre de mi padre. Cuando lo cogí en brazos, experimenté un amor tan intenso que me quedé sin palabras.

André fue un bebé frágil e inquieto. Se ponía enfermo con facilidad. Pierre Nothomb, con el que me había reconciliado, se desplazó hasta Bruselas para conocer a su primer bisnieto. Recitó unos versos que acababa de componer y pareció que el bebé lo escuchaba con emoción.

–Sabía que nuestro André sería un poeta –declaró el anciano.

Cada vez que no temía molestarle, cogía a André contra mi pecho. El misterio renació con cada abrazo: un abismo de amor, tan vacío como lleno, me desgarraba el pecho. Era un gigantesco interrogante: sentía que la paternidad era mi vocación, y, sin embargo, no tenía ni idea de en qué consistía.

Contaba con el bebé para que me lo enseñara.

Mi primer destino fue el Congo, que acababa de obtener su independencia. Danièle, André y yo nos trasladamos a vivir a esa capital que no tardaría en llamarse Kinshasa.

Calificarme de anticolonialista sería un eufemismo. No podía estar más entusiasmado por descubrir ese país al fin libre.

En el verano de 1964, el embajador de Bélgica me nombró cónsul en Stanleyville. Tras dejar a mi familia en la capital, aterricé allí para ocupar mi puesto. El país estaba entonces sumergido en querellas intestinas explosivas y una rebelión que se declaraba marxista llevaba incubándose desde la independencia.

El 6 de agosto empezó la que acabaría convirtiéndose en la mayor toma de rehenes del siglo XX. Los rebeldes se hicieron con la ciudad y los mil quinientos blancos que vivían allí se convirtieron en sus rehenes. Los nuevos dueños de Stanleyville advirtieron a las autoridades de la capital de que, si no aceptaban sus condiciones, los rehenes serían ejecutados.

Sus exigencias eran simples: pedían que fuera reconocido su Estado del este, la República Popular del Congo, con Stanleyville como capital. Caía por su propio peso que no se conformarían con reinar en el este, sino que querrían ocupar todo el país.

Hablo en pasado aunque nada de eso haya terminado aún. Estamos en noviembre, la toma de rehenes empezó a principios de agosto. Tengo la impresión de estar aquí desde siempre.

Muy rápidamente, los rebeldes reagruparon a los blancos en el Palace Hotel. Las personas de edad, las mujeres embarazadas y los enfermos se pudieron alojar en las habitaciones. A todos los demás rehenes, entre los que me contaba, los hacinaron en el gran vestíbulo del hotel, que se convirtió en nuestro hábitat.

Cada mañana, los rebeldes llegaban con sus fusiles de asalto y declaraban:

—Vuestro gobierno sigue sin reconocernos. Os mataremos a todos.

Cada mañana, yo me ofrecía como interlocutor.

—Es un proyecto interesante. Pero, en mi

condición de cónsul de Bélgica, sugiero que antes hablemos.

Se trataba entonces de que me sentara en círculo con sus líderes y hablara hasta el anochecer. La vida de mil quinientos rehenes dependía no ya de mi elocuencia, sino de mi aptitud para participar en esas asambleas formidables. Me convertí en alguien capaz de, ya que era necesario, hablar durante horas con la mayor de las vehemencias, de transmitirles toda nuestra simpatía, nuestro probable reconocimiento inmediatamente después de que pudiéramos disponer de sus reivindicaciones.

Poco importaba que lo que les contara fueran aberraciones. Lo que hacía falta era defender opiniones convincentes. Las repeticiones eran bienvenidas, había que rematar el golpe.

Entre los motivos de cólera de los rebeldes, estaba el rechazo a obedecer del gobierno de la capital. Cada día, no solo debía subrayar mi indignación respecto a ese estado de cosas, sino también mi incapacidad para cambiarlo.

A lo que los rebeldes respondían sin falta que, si Bélgica reconocía su gobierno, después seguiría la capital. Razonamiento que yo recusaba señalando que el colonialismo ya no estaba vigente, que Bélgica había perdido y que yo lo celebraba.

Durante esos debates nunca había que dejar que el silencio se instalara. Si me callaba y si los otros se callaban también, el demonio del gatillo se despertaba casi inmediatamente.

De natural algo taciturno, aprendí a convertirme en un ventilador de palabras. Era el nuevo Scherezade: de mi aptitud por hablar dependía la vida de mis compatriotas. Por supuesto, no había que decir cualquier cosa, los rebeldes me escuchaban de verdad. Pero en caso de que me quedara sin ideas, lo sabio era retomar mi discurso desde el principio. Y si uno de los rebeldes me interrumpía diciéndome:

—Eso ya lo ha dicho.

Yo tenía que responder:

—Es para los que acaban de llegar.

Porque el círculo de esas asambleas crecía y crecía.

El 5 de septiembre desembarcó en Stanleyville el líder de la rebelión del este, Christophe Gbenye. Ese mismo día se convirtió en el presidente de la República Popular del Congo.

—¿Cómo va todo? —me preguntó al conocerme.

—Muy bien, gracias, señor presidente.

—¿Desde cuándo está usted en Stan?

—Desde el primero de agosto.

126

—¿Y le gusta?

—¿Por qué no?

Gbenye se unió a nuestras asambleas. Igual que los otros rebeldes, resultó tener una elocuencia fuera de lo normal.

Al caer la noche, acababa olvidándome de lo cansado que estaba. La palabra circulaba y, cuando volvía a mí, la tomaba con corazón y alma hasta el momento en que la lanzaba como un balón sobre quien quisiera cogerla. Aquellos turnos verbales duraban hasta el momento en el que todo el mundo caía presa del sueño: ese instante se me escapaba casi siempre y me despertaba en el suelo, junto a los demás.

Como cualquier otro en semejantes circunstancias, me acechaba el síndrome de Estocolmo. Lo que me impidió dejarme vencer por él fue que, pese a mis constantes esfuerzos, los rebeldes mataron a algunos rehenes, a veces delante de mí. Entonces me obligaba a no mirar los cuerpos ensangrentados. Si los rebeldes descubrían que el cónsul de Bélgica se desmayaba al ver sangre, perdería toda mi credibilidad, y estaría acabado.

Gbenye se dio cuenta de mi artimaña.

—Señor cónsul, ¿por qué no mira el cadáver de su compatriota?

—Por respeto a su alma, señor presidente.

Respuesta que despertó su interés.

127

Cada vez que mataban a un rehén, yo tenía que luchar contra el horror y el desánimo, argumentar conmigo mismo prohibiéndome convertirme en mi propio enemigo. Si no mantenía una moral de acero, no podría prolongar mi defensa a través de la palabra.

Cada uno tiene sus técnicas para no desanimarse. La mía consistía en negar la existencia de otro mundo: todo ocurría allí, nunca había tenido otra vida. Si me ponía a pensar en mi familia, estaba perdido. A veces, cuando bajaba la guardia, me asaltaban ensoñaciones de una dulzura horrorosa, tales como el perfume del pelo de Danièle. Tenía que ahuyentarlas inmediatamente, a riesgo de hundirme en la fragilidad de la nostalgia.

El síndrome de Estocolmo se ha simplificado mucho. No se trata solo de amor. Desde el momento en el que un guardia baja un poco la voz al gritarte, desde el momento en el que un cocinero distraído te sirve una cucharada extra de rancho, desde el momento en el que recibes una mirada humana, desde el momento en el que alguien te escucha como un adversario digno de ese nombre, te invade una irreprimible bocanada de gratitud. Haberte librado del maltrato de la víspera es suficiente para convencerte de que eres el elegido. No es que te enamores, es que te sientes querido de una manera extraña. Se trata de una variante de la erotomanía que puede degenerar en masoquismo paradójico. El rehén que se enamora es aquel al que la convicción de ser querido le inspira un desajuste maníaco.

Nunca me enamoré de mis carceleros, pero tuve que protegerme de los impulsos de gratitud que sentía cuando, durante los debates, un rebelde acogía mis palabras con ardor.

Ya que aquel Estado pretendía ser comunista, intenté mostrarme más marxista que Marx.

–La propiedad es un robo. Si tomáis posesión de la ciudad, la estáis robando.

–No tomamos posesión de la ciudad, la ocupamos. Es muy diferente.

–¿Y cómo explicáis que sea legítimo tenernos cautivos como rehenes?

–La revolución no es una cena de gala.

–Para la imagen de marca de un país joven que pretende ser ejemplar, el método me parece discutible.

–Si siguiera el asunto desde Bruselas, a través del periódico, es con nosotros con quien simpatizaría.

Aquel último argumento resultaba confuso. Intenté convencerme de que era falso. No acababa de conseguirlo. Era como si la elocuencia de los rebeldes siempre fuera un paso por delante.

La mayoría de las veces comía durante las

asambleas. Bananas, cacahuetes, moambé, saka saka, todo me parecía delicioso. Lejos de quitarme el apetito, aquella situación me daba todavía más hambre que de costumbre.

Los alimentos de los rehenes procedían de las reservas de las latas de conserva del hotel, que por suerte eran colosales. Muchos se hartaron rápidamente de ellas. Yo no. Confieso haber tenido a menudo este tipo de intercambios con algunos de mis compatriotas.

–Estás deprimido, ¿verdad?

–Oh, sí.

–¿No te apetece nada, has perdido el apetito?

–Eso es.

–Entonces dame tu lata de raviolis.

No me molestaba comer directamente de la lata.

Varios bebés nacieron en el hotel desde el principio de nuestro cautiverio. En cada ocasión, me conmovió tanto como si yo fuera el padre.

La mayor parte de los asesinatos de rehenes se producían en ausencia de los líderes. Ponía entonces todo mi empeño en que estos se alejaran lo menos posible. Los días de lluvia me era más fácil conseguir que las asambleas se celebraran en el vestíbulo del Hotel Palace. Por desgracia, casi siempre hacía un tiempo estupendo y me llevaban a hablar fuera, cerca del río.

Podía ocurrir que me avisaran de una ejecución inminente. Entonces acudía para interponerme entre la víctima y sus verdugos. Si me preguntaban qué estaba haciendo allí, yo respondía:

–Mi trabajo.

–¿Es usted un escudo humano?

–Soy el negociador.

–¿Quién le ha otorgado ese título?

–El presidente Gbenye.

Aquel nombre disuadía a los candidatos a asesino. Por desgracia, ese método también sufrió fracasos. No hay nada peor que asistir a un asesinato sin poder intervenir. Apliqué la divisa nietzscheana: desviaba la mirada, no por obediencia a la gaya ciencia, sino para no desmayarme, suscitando siempre las preguntas a las que ya me he referido.

También ocurrió que descubriera cadáveres de rehenes no demasiado frescos.

–¿Y a esos sí los mira? –observaban los rebeldes.

–Su alma ya no está con ellos.

Traducción: la sangre se había secado.

Cada nuevo muerto señalaba los límites de mi poder como negociador. Más allá del horror, sentía culpabilidad. Entonces tenía que parlamentar conmigo mismo: «No puedes estar en todas partes a la vez. Sin ti, ¡todos los rehenes habrían sido masacrados el primer día!» A lo que tenía que luchar violentamente para no responder: «Habría sido mucho mejor así. Nos habríamos ahorrado todo este sufrimiento y toda esta angustia. Nuestras familias estarían de luto por nosotros en lugar de consumirse en la ansiedad.»

Era difícil entonces no imaginarse a Danièle convertida en viuda, igual que mi madre, casi a la misma edad. Pero no, ese universo paralelo no existía. No había trasmundo, no había otro país, ni otra ciudad, ni sobre todo otras personas.

Entre los rehenes nacieron amistades sorprendentes. Los belgas de aquí se conocían desde hacía tiempo y no necesariamente se apreciaban. Hicieron falta todos esos meses de cautiverio en el vestíbulo del hotel para que surgieran algunas afinidades.

Registrando las bodegas, uno de nosotros tropezó con un inmenso stock de vermut. Nos habría encantado llevarlo a la superficie para compartirlo, pero estábamos empeñados en no dárselo a nuestros carceleros. La información circuló: «Si vuestra moral está bajo cero, arrastraros a este o aquel subsuelo y servíos vosotros mismos.»

Yo también tenía muchas ganas de tomarlo. Por desgracia, resultaba demasiado peligroso. Si había una asamblea –y estas podían comenzar en cualquier momento–, un aliento cargado habría resultado traicionero.

Muchos rehenes habían tenido la presencia de ánimo de llevarse unas barajas. El whist se convirtió en su principal actividad. Algunos belgas jugaban sin interrupción. Los que tenían libros los prestaban. Todo el mundo lamentó que hubiera tan pocos.

A principios de agosto, pensando que no venía a Stanleyville más que tres semanas, solo había traído dos novelas: *Un rey sin diversión*, de Giono, y *La piedad peligrosa*, de Zweig. Este último se convirtió en mi libro de cabecera. Lo dosificaba. ¿Por qué esa historia, tan diferente de lo que yo estaba viviendo, me conmovió tanto? Quizá precisamente por eso.

El presidente Gbenye me sorprendió en plena relectura.

–¿Qué está leyendo, señor cónsul?

Le enseñé la portada.

–*La piedad peligrosa*. Bonito título –dijo Gbenye.

–Efectivamente.

–Esté tranquilo. Cuando llegue el momento, no tendremos piedad.

Semejantes comentarios no resultaban precisamente tranquilizadores. «Cuando llegue el momento.» ¿Acaso pensaba lo mismo que yo? Cuando imaginaba posibles desenlaces, entreveía una intervención de los paracaidistas del ejército belga como una probable solución. Lo deseaba tanto como lo temía, ya que, de producirse, mis talentos de Scherezade no bastarían para evitar un baño de sangre. A los rebeldes que me interrogaban, les respondía que esa hipótesis ni siquiera podía plantearse.

—Los belgas siempre optan por la negociación —repetía.

—¿Como nosotros?

—Sí. Yo soy su representante.

—Sin embargo, su gobierno permanece en silencio.

—No tengo ni idea, no tengo contacto con el ministerio. Pero no olvide que, en mi calidad de diplomático, represento a mi gobierno.

—Entonces reconozca nuestro Estado.

—No me dedico a eso. Por desgracia, mi palabra no basta.

—Esa es la razón por la que le mantenemos como rehén.

—Esa es la razón por la que les desaconsejo matarnos.

Volvíamos a empezar. Me sentía como un matemático demostrando mil veces el mismo teorema de un modo más o menos elegante. A veces, un rebelde me preguntaba a bocajarro:

—¿Qué nos impide matarlo aquí y ahora?

Yo respondía:

—Eso daría una mala imagen a su joven república.

O:

—Perderían a un negociador que disfruta parlamentando con ustedes.

O incluso:

—Yo soy su memoria viva. Cuando su Estado sea reconocido, podré contar su leyenda en el mundo entero.

Mientras reinaba la palabra, podía esperar salirme con la mía. ¿Cuántas veces ocurrió que, sin previo aviso, un rebelde me encañonara con su arma? Esa vez fueron sus comparsas los que me salvaron:

—Cuidado, al presidente le gusta hablar con él.

—¿Crees que le gustaría matarlo personalmente?

—Es posible.

Un día un chiquillo de doce años me estaba apuntando con un kaláshnikov, y le regalé el siguiente argumento:

—No puedes hacerlo. El presidente quiere matarme él mismo.

Bajó el arma, muy contrariado.

Igual que cientos de niños y niñas, había sido reclutado durante la larga marcha. Todos estaban convencidos de que ya eran inmunes a las balas. Cuando les tocaban, ellas se convertían en gotas de agua y ellos en simbas, leones en suajili. Iban tan desastrados como la horda de los Nothomb en el recuerdo de mis seis años. Una tropa harapienta surgió, se apoderó de un fusil e inició un partido de balonmano con el kalásh como balón. Feliz por haberme librado del muchacho, los miraba jugar y pensaba en esa horda de mi infancia que guerreaba contra el hambre, en esa infancia salvaje que me había curtido y que, pensaba, me había dado las fuerzas para estar allí, vivo y en pie.

Cuatro meses de demoras. De considerar un éxito el mero hecho de estar vivo, aunque solo fuera por una hora. Nunca había recibido enseñanzas filosóficas tan radicales. A todos nos enseñan el famoso *carpe diem.* Por más que lo aprobemos, nunca lo aplicamos.

En Stanleyville se me dio la oportunidad de vivirlo en cuerpo y alma. De tumbarme en el suelo, bajo el cielo, de sentir júbilo por respirar, de sentir el intenso olor de las deyecciones de aves, de mirar lo real, de escuchar el aire.

¿Para qué tener otros deseos?

Cuando dormía, el pasado me atrapaba. En mis sueños aparecían Danièle, André, mi madre, Pont d'Oye. Al despertar, practicaba la represión activa, inventándome astucias para no infectarme con esperanzas inútiles. Una noche soñé con «El barco ebrio» y me desperté pronunciado estos versos: «Si deseo un charco de Europa, que sea el charco / negro y frío...» Me callé como si acabara de pronunciar una palabra prohibida.

Ocurrió que el presidente Gbenye me preguntó qué opinaba de Patrice Lumumba. Era la pregunta más peligrosa que me podía hacer, porque podía delatar mi pensamiento y mis acciones. Si hubiera podido responder con absoluta libertad, habría subrayado la profunda simpatía que me inspiraba aquel personaje, al que, por otra parte, nunca había conocido, y la cólera que me había suscitado su asesinato.

Gbenye había sido uno de los allegados de Lumumba. Durante las asambleas, cuando los rebeldes evocaban la figura de Lumumba, lo hacían con tanta ambigüedad que yo calibraba en qué medida los atemorizaba la mera idea de ofender a Gbenye. Para ellos Lumumba parecía ser el mártir molesto al que no se puede ignorar. Cuando el cura de campaña de Bernanos reprende al joven cura, le dice: «Dios nos preserva de los santos.»

En resumen, respondí con prudencia:

—Es un personaje interesante. No tuve el honor de conocerlo. Usted que pudo tratarlo, ¿qué opina de él, señor presidente?

Gbenye tuvo una réplica irónica y equívoca, digna de las casuísticas más jesuíticas. ¿Adoraba u odiaba a Lumumba? Sus palabras autorizaban ambas hipótesis.

Asesinado en 1961, en el esplendor de su juventud, Lumumba era la viva encarnación del héroe. Su belleza le equiparaba a Che Guevara. Gbenye, no tan joven, regordete, con tripa, barba tupida, hacía pensar en Fidel Castro. Sin duda experimentaba por Lumumba la secreta envidia que el líder cubano nunca confesó sentir por el Che.

En las afueras de la ciudad, se había construido recientemente el monumento Patrice Lumumba, una especie de llama moderna y pomposa. Allí habían tenido lugar las ejecuciones de los africanos, como si merecieran ser masacrados ante el monumento. La ambivalencia de los sentimientos de los rebeldes hacia Lumumba estallaba en esa topología: su nombre quedaba asociado al pelotón de fusilamiento.

—¿Qué opina Bélgica de Lumumba? —me preguntó Gbenye.

—Es complicado. El tiempo pondrá las cosas en su sitio. Verá como un día, en Bruselas, habrá una plaza Patrice Lumumba.

—¿Y habrá una plaza Christophe Gbenye?

—¿Quién sabe? —respondí, sin atreverme a decirle que mantener a cientos de belgas como rehenes y haber masacrado ya a una treintena quizá no era el mejor método para alcanzar su objetivo.

—¿Quién mató a Patrice Lumumba? —me preguntó a bocajarro.

Su pregunta tenía la única intención de incomodarme. Habían circulado mil acusaciones, ninguna había podido demostrarse. Seguramente se necesitarían años de investigación para conocer a los culpables. Era evidente que Gbenye esperaba de mí una declaración firme. También respondí:

—Es como en *Asesinato en el Orient Express*. El asesino es cada uno de los personajes.

—¡Muy listo! Ahora ya no podré leer ese libro, me ha dado usted la clave.

No podía objetarle que, en nuestra situación, sabíamos quiénes eran los culpables y quienes eran las víctimas. La información que faltaba era la hora del asesinato, sin olvidar su magnitud: ¿cuántos muertos habría?

Cuanto más tiempo pasaba, más sentíamos que se acercaba el desenlace. Cada mañana, me despertaba imaginando la intervención del ejército belga para aquel mismo día.

Esa inminencia, de la que nadie hablaba, ponía muy nervioso a todo el mundo. Los rebeldes y los rehenes sabían que iba a haber un baño de sangre. Nos vigilábamos unos a otros, y no hacía falta hablar para hacer la pregunta que nos atormentaba: ¿quién moriría?

Escuché cómo algunos rehenes tenían conversaciones muy simples:

–Si algo me ocurriera, ocúpate de mis hijos. Si fuera a ti a quien te pasara una desgracia, yo haré lo mismo con los tuyos.

–De acuerdo.

También sabíamos que nuestros carceleros se jugaban la vida. Nos esforzábamos en no pensar en ello. Por extraño que pueda parecer, no deseábamos su muerte.

A veces tenía fantasías inconfesables: Gbenye venía a anunciarnos el final de esa mascarada. Todos éramos libres, nunca habíamos dejado de serlo. Nos habían sometido a un juego metafísico con el fin de ponernos a prueba. Por desgracia, el recuerdo de los rehenes masacrados delante de mí acababa haciendo trizas mi ensoñación.

También tenía que luchar contra un sentimiento de culpabilidad infernal: el mero hecho de no estar muerto me inspiraba vergüenza. A mi papel de negociador no le faltaba ambigüedad. Entonces tenía que tratarme a mí mismo con la máxima dureza: había elegido la diplomacia. Lo que yo hacía no estaba ni bien ni mal, era mi oficio. Sin mí, seguramente los muertos serían muchos más.

Amordazar aquel demonio resultó muy difícil. Un singular superyó, que adoptaba la voz de mi abuelo paterno, el general, resultó ser de una ayuda incontestable: «Esos estados de ánimo no son dignos de ti.»

En adelante las asambleas casi siempre empezaban con un:

–Señor cónsul, ¿tiene usted noticias sobre la intervención del ejército belga?

–No estoy al corriente de nada.

–¿Tiene algún contacto con su ministerio?

No caer en la trampa. Había pensado en cometer la estupidez de objetar: «Me ha hecho esta misma pregunta mil veces, ya sabe que...» Eso me habría costado una paliza sin piedad. Poco a poco fui comprendiendo que su proceder, durante un interrogatorio policial, tenía que ver con una retórica muy concreta y en consecuencia con una visión del mundo muy particular.

Allí el tiempo no obedecía a la lógica común. Las reflexiones de ayer solo valían para ayer. Durante la noche, uno de mis compañeros había conseguido improvisar un aparato de radio. Era la obsesión de los rebeldes. Nos registraban regularmente con ahínco en busca de un emisor fantasmagórico. En una habitación de hotel, sorprendieron a una anciana intentando arreglar el aire acondicionado. Intervine justo en el momento en el que la iban a matar, calificándola de bruja fabricante de aparatos de radio clandestinos.

—Hace cuatro meses que no tengo ni el más mínimo contacto con el ministerio.

—¿Cuándo será su próxima comunicación con Bélgica?

—No lo sé.

—Cuando contacte con sus dirigentes, ¿qué les dirá?

La pregunta contenía tantas trampas que era importante eludirla simple y llanamente. Me convertí en un experto en el arte de eludir.

Mis respuestas evasivas acabaron poniéndolos nerviosos. Me enviaron al calabozo durante nueve días. Para mí fue el peor de los castigos. La soledad siempre me ha retrotraído a la tristeza de mi infancia. Prefiero de lejos las alarmas de la promiscuidad.

En mi celda, había un colchón. De entrada,

creía que se trataba de un favor, ya que, igual que los demás, llevaba semanas durmiendo sobre el suelo. No tardé en desencantarme: aquel colchón apestaba más allá de lo imaginable. Dispuesto a dedicar mi temporada de reclusión a una cura de sueño, me tumbé entonces en el suelo. Las ratas no tardaron en disuadirme. Fue entonces cuando comprendí por qué el colchón apestaba: en un gesto de un cuidado exquisito, lo habían rociado con un producto antiparásitos tan violento que me preguntaba si yo no pertenecería a la lista de especies a erradicar.

Aún así, me tumbé sobre el colchón y me concentré en un esfuerzo inaudito: ignorar el olfato y privilegiar el tacto. Al cabo de dos días, ni siquiera notaba la humedad. Mi papel de negociador me había tenido tan ocupado que arrastraba una grave falta de sueño. Dormí casi todo el tiempo, despertándome solo para las comidas, que me apresuraba a zampar para impedir que las ratas las probaran.

Una vez en libertad, me alegré de reencontrarme con los rebeldes casi tanto como de hacerlo con los rehenes. ¡Qué alegría ver a gente y hablar con ella! No me habría permitido llevarle la contraria a Sartre y a su «El infierno son los otros», simplemente creo que el infierno me gustaba.

No iba a salirme con la mía impunemente. En el transcurso de las asambleas siguientes, los rebeldes me preguntaron:

–En nueve días de aislamiento, ha tenido tiempo para reflexionar. ¿Cuál es la posición de su gobierno respecto a nuestra República Popular?

–Desde mi celda difícilmente podré informarme.

–¿Es usted el cónsul de Bélgica, sí o no?

Las asambleas evolucionaban mal. El contenido de mi declaración irritaba a mis interlocutores hasta el límite. El principal orador acabó dando la orden fatídica:

–¡Que lo lleven al monumento!

Sabía lo que eso significaba. Era un honor para mí: tendría derecho a un pelotón de fusilamiento ante el monumento a Lumumba, como los de los rebeldes que merecían ser fusilados.

Ahora puedo volver a hablar en presente. ¿Cuánto llevo frente a esos doce hombres? Mi deslumbramiento es tan profundo que pierdo la noción del tiempo. La pierdo activamente, pongo de mi parte. Cuando más la pierdo, más me veo asaltado por el vértigo de la inminencia. No existe una sensación más intensa. Voy a morir en una fracción de segundo, me siento tan aterrorizado como impaciente. La muerte es Aquiles, yo soy la tortuga: espero mi fallecimiento desde el infinito. ¿Me atrapará?

Hace un rato, lamenté morir con plena salud. Ahora me parece bien morir así. Voy a poder vivir la muerte a fondo, abrazarla con toda mi juventud. Por fin he alcanzado el estado deseado: la aceptación. Mejor aún: el amor por el destino. Me gusta lo que me pasa. Me gusta hasta lo absoluto de mi ignorancia. ¿Acaso no es el modo más justo de entrar en la muerte?

Escucho el rugido del motor y el chirrido de unos neumáticos.

–¡Parad!

Es la voz de Gbenye.

–A este hombre no se le mata –declara con autoridad.

Comprendo que está hablando de mí. Atravieso un momento de pesar: estaba preparado; no sé si, algún día, volveré a estarlo tanto.

Un segundo más tarde, una alegría sin igual se apodera de mí. Es tan violenta que me olvido de la vergüenza. Estoy vivo y voy a seguir estándolo. ¿Por cuánto tiempo? ¿Dos minutos, dos horas, cincuenta años? Juro que la respuesta no importa. Así es como hay que vivir. Espero conservar esta consciencia para siempre.

Gbenye se acerca a mí con entusiasmo.

—¿Cómo está usted, señor cónsul?

—Muy bien, señor presidente.

—¿Qué le ha parecido nuestra pequeña broma?

—Su sentido del humor se sale de lo normal.

Gbenye busca qué comentario sería susceptible de herirme todavía más. Encuentra este:

—¿Tiene usted hijos, señor cónsul?

—Sí, señor presidente.

—¿Cuántos? ¿Cómo se llaman?

—Un chico de dos años, André, y un bebé que es una niña, Juliette.

—¿Quiere usted tener un tercer hijo?

—Eso dependerá de usted, señor presidente.

EPÍLOGO

El 24 de noviembre de 1964, al amanecer, los paracaidistas belgas aterrizaron en Stanleyville. Los rehenes esperaban ese momento tanto como lo temían. Los rebeldes los hicieron salir del hotel y los reunieron. A la señal, empezaron a dispararles.

Fue un sálvese quien pueda. Los rehenes huyeron en la medida que pudieron. Pese a aquel baño de sangre, Patrick Nothomb no se desmayó: no hay que subestimar las ganas de vivir. Igual que el de nueve de cada diez rehenes, su nombre figuró en la lista de los supervivientes.

NOTA DE LA AUTORA

Mi padre, Patrick Nothomb, publicó una obra en 1993 con Éditions Racine (reeditada en 2007 por Éditions Masoin, en Bruselas), titulada *En Stanleyville*.